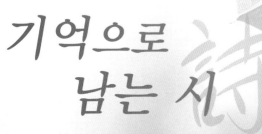

기억으로 남는 詩

- 시 소리로 삶을 치유하다 -

박영애 시낭송 모음 13집

시음사
시사랑음악사랑

- 가슴을 울리는
  명인 명시 30인과 함께한 "기억으로 남는 시"
  박영애 시낭송 13집 모음 시집을 엮으면서 -

꽃이 유난히 활짝 피고 예뻤던 봄, 삶의 정열을 태우며 뜨거운 사랑을 나누던 매미의 울음도 서서히 식어가듯 여름이 지나가고 있다. 찌는듯한 폭염에도 아랑곳하지 않고 화사하고 아름답게 수놓은 배롱나무의 꽃이 감탄사를 자아낸다. 그리고 가을의 길목에 선 지금 어떤 고운 옷으로 갈아입고 우리를 반길지 설레는 마음으로 기대하면서 필자를 포함해 30인의 다사다난 했던 삶의 향기를 담아 시낭송 모음집으로 엮어 출간하게 되었다. 출간하는 과정이 다소 어렵기도 하지만, 그 못지 않은 기쁨과 보람, 행복이 있어 참 의미가 깊다.

시 소리로 삶을 치유하고 싶은 명인 명시 "기억으로 남는 시" 박영애 시낭송 모음 제13집에 함께 참여해 주신 김국현 시인, 김락호 시인, 김보승 시인, 김순태 시인, 김정윤 시인, 남원자 시인, 박영애 시인, 박춘숙 시인, 박희홍 시인, 서석노 시인, 송근주 시인, 송태봉 시인, 신향숙 시인, 염경희 시인, 윤만주 시인, 이정원 시인, 이현자 시인, 전경자 시인, 전남혁 시인, 정기성 시인, 정병윤 시인, 정상화 시인, 정승용 시인, 정연석 시인, 정찬경 시인, 정형근 시인, 최승태 시인, 최윤서 시인, 최하정 시인, 한병선 시인께 마음을 담아 감사함을 전한다.
삶의 경험에서 깊게 우러나온 생명력을 지닌 작품과 때로는 잔잔한 감동과 그리움을 선물하면서 각양각색의 150여 작품을 시낭송으로 전달할 수 있음이 무엇보다 기쁨이고 큰 영광이다.

이번에 출간하는 "기억에 남는 시" 시낭송 모음 시집을 통하여 지치고 힘든 삶 속에 풍요로움이 묻어나고 쉼 할 수 있는 쉼터가 될 수 있기를 바라면서 많은 시간과 정성으로 함께했다.

제13집 시낭송 모음집이 출간하기까지 큰 기대감으로 아낌없는 성원과 힘을 보태준 29인의 시인과 또 시향을 사랑해 주신 모든 분께 진심으로 감사드린다. 그리고 출판사 관계자 분들께 진심으로 감사의 마음 전한다. 또한 언제나 묵묵히 응원해 주는 사랑하는 가족들에게 고마운 마음 전한다. 150여 편의 작품이 행복의 열매로 아름답게 익어 곳곳에 맛있게 잘 전달되길 바라면서 독자의 가슴에 스며 오랫동안 기억되길 희망한다.

엮은이 박영애

박영애 시인, 시낭송가

대한문학세계 시 부문 등단
현) (사)창작문학예술인협의회 부이사장
현) 대한시낭송가협회 명예회장
현) 대한창작문예대학 지도 교수
현) 시낭송교육 지도 교수
현) 대한문학세계 심사위원
현) 대한문화예술방송 아트티비 '명인명시를 찾아서' MC
현) 조세금융신문 '詩가 있는 아침' 시 소개와 시낭송 연재

〈수상〉
2010년 오장환 문학제 전국 시낭송대회 대상 및 그 외 다수
2012년 대한문인협회 한국문화예술인상
2014년 대한문인협회 한국문화예술인 대상
2015년 한국문학 올해의 시인상
2016년 대한문인협회 한국문학 예술인 금상
2017년 한국문학 예술인 대상
2018년 베스트셀러 1위 선정
2019년 한국문학 문학대상
2022년 한국문학 최우수 작품상

〈시낭송 개인 작품집〉
-임세훈 시집 '거울 속의 다른 나' / 시낭송 CD 1집
-이서연 시낭송 CD '시 자연을 읊다' / 시낭송 CD 2집
-'시 소리로 삶을 치유하다' / 시낭송 CD 3집
-장영길 사진과 시 '내 안의 그대 때문에
                        난 매일 길을 잃는다' /시낭송CD 4집
-황유성 시집 '유성의 노래' /시낭송 CD 5집
-'시 소리로 삶을 치유하다' / 시낭송 CD 6~7집
-'시 마음으로 읽다' / 시낭송 CD 8집
-'명시 언어로 남다' / 시낭송 모음 9집
- 시 염규식 '사랑은 시를 만들고'
                        / 시낭송 CD 10집
-'명시 가슴에 스미다'/ 시낭송 모음 11집
-'시 한 모금의 행복'/ 시낭송 모음 12집

〈공저〉
시 마음으로 읽다 엮음
명시 언어로 남다 엮음
명시 가슴에 스미다 엮음
시 한 모금의 행복 엮음
낭송하는 시인들 엮음
2015-2024 명인명시 특선시인선 선정
대한문인협회 대전충청지회 동인지
    "삶이 담긴 뜨락", "충청의 향기 비단강처럼"
대한창작문예대학 졸업 작품집 "우리들의 여백"
유화에 시의 영혼을 담다
2020 유화로 보는 명인명시선
2021 현대시와 인물 사전

QR코드 스마트폰으로 QR 코드를 스캔하면
시낭송을 감상할 수 있습니다.

본문
시낭송
감상하기

김국현 시인편

김락호 시인편

김보승 시인편

김순태 시인편

김정윤 시인편

낭원자 시인편

박영애 시인편

박춘숙 시인편

박희롱 시인편

서서노 시인편

송근주 시인편

송태봉 시인편

스마트폰으로 QR 코드를 스캔하면
시낭송을 감상할 수 있습니다.

신향숙 시인편

염경희 시인편

윤만주 시인편

이정원 시인편

이현자 시인편

전경자 시인편

전낭혁 시인편

정기성 시인편

정병윤 시인편

정상화 시인편

정승용 시인편

정연석 시인편

정찬경 시인편   정형근 시인편   최승태 시인편   최윤서 시인편

 최하정 시인편   한병선 시인편   본문 시낭송 모음

박·연·애·시·낭·송
모·음·집

시인 김국현

목차

전) (주)KT, (주)KT Services 근무
대한문학세계 시, 수필 부문 등산
대한문인협회 울산지회장
(사)창작문학예술인협의회 회원
문학 어울림 회원
대한창작문예대학 졸업
문예창작지도자 자격 취득

<수상>
2019, 2020, 2021, 2022, 2023
　　　　　 명인명시 특선시인선 선정
2021년도 한국문학 향토문학상
2022년도 대한문인협회 신춘문학상
대한문인협회 이달의 시인, 금주의 시,
　　　　　 좋은 시, 낭송시 선정

<저서>
시집 "마음속에 핀 꽃"

詩 길을 가다 외 다수 공저

시집 <마음속에 핀 꽃>

바위섬 / 김국현

부딪치는 파도여!
수평선 넘어 달려와 고통의 소리가 아님을 가르쳐 주며
지울 수 없었던 수많은 사연 간직한 망부석이 되어
서 있는 추억의 이야기가
높고 넓은 하늘과 바다 사이 외로움 견디며 살아온
세월의 흔적(痕跡)이 아닌가

그렇게 미워했던가?
그렇게도 사랑했단 말인가?
흰 거품 머금은 채
부딪치고, 때리고
때로는 잔잔한 물결 같은 바람이 되어 찾아오는 사랑

그 심정(心情)을 몰라주는 것은
반짝이는 별의 노래
속삭이며 춤추는 갈매기 곡예(曲藝)와
꽃 피고, 바람 불고, 낙엽 지고
눈이 오는 겨울을 지나가는 사계(四季)가 있었기 때문이 아닌가

오늘도 찾아와
흔들며 두드리는 것은
사랑하기에 행복한 모습으로
빗살무늬 토기에 희미하게 남겨진 애틋한 사연을
그리움으로 남기고 싶었기 때문이다.

하루 / 김국현

오늘 하루도 즐겁고
기쁜 하루였다고 생각하니
정말 마음이 하늘처럼
푸르고 맑게 변하고 말았습니다

행복한 하루였다고 믿으니까
좋은 일들이 포도 나뭇가지에
주렁주렁 달렸습니다

내 주위에
맑고 좋은 사람들만 있다고 느끼니까
만나는 사람마다
꽃이 되고 말았습니다

그래서
늘 하는 말과 생각 속에
물을 주고 거름을 주듯
가꾸고 꾸몄더니
마음속으로부터 감사가 넘쳤습니다

오늘도
허덕이며 걸어온 하루가
사랑이란 이름으로 포장되었습니다.

사랑의 모습 / 김국현

사랑의 길이는 얼마나 될까요?
아무도 알 수 없는 먼 거리겠지만
우리가 가야 하는 생(生)의 길에 힘이 되는 소중한 것이랍니다

사랑의 넓이는 얼마나 될까요?
푸른 바다보다 넓은 것이라 그 위에
돛단배, 여객선도 다니고 갈매기도 자유롭게 놀 수 있는
자유로운 공간이랍니다

사랑의 깊이는 얼마나 될까요?
맑고 깨끗한 강물보다 깊은 곳이라
아무리 힘들고 어려운 고통이 닥쳐도
참고 기다리는 인내를 간직할 수 있답니다

사랑의 힘은 얼마나 될까요?
사람의 생각과 마음을 사로잡을 수 있기에
온 우주를 움직일 수 있는 위대한 것이랍니다

사랑의 높이는 얼마나 될까요?
아무리 올라가도 끝이 보이지 않는
하늘보다 높아 감히 측량할 수 없는 것이랍니다

그대는!
인생길에 없어서는 안 될 소중한 것이고,
푸른 바다고, 깊은 강물이며, 더 높은 하늘이라
내 마음을 송두리째 앗아가고 말았습니다

사랑은 행복하고 아름답기도 하지만
지나간 발자국 뒤에는 상흔(傷痕)이 남아
이렇게 시린 고통을 겪나 봅니다.

파도여 / 김국현

산산이 부서지며 철썩철썩 흐느끼는
너의 모습 안에 아픔이 위로되는 것은
헌신(獻身)으로 베푼 사랑 때문일 거야

거품 머금고 수도 없이 부딪치고
때려도 멈출 수 없는 것은 네 속에 갇힌
원한(怨恨) 때문이 아니라
마음 깊은 곳 미처 지우지 못한 상처 때문일 거야

방랑객으로 다가오는 너의 아우성이
이렇게 뜨겁게 달구는 것은
내 속에 갇힌 추한 것들을
씻어내기 위한 것일 거야

반갑게 맞이하지만
쉬 밀려왔다 바로 가는 것이
인생이란 것이기에 눈시울 적시며

바라만 보아도 가슴 출렁이는 너를
만나기 위해 잔잔한 바닷속으로
들어가 기다렸지만 만날 수가 없었어

파도는 부딪치고, 아프고, 사랑하고
행복해하다가 어디론가 떠나가는 것이라고
속삭여 주었어.

장맛비 오는 날 / 김국현

창밖에 빗물이
낙엽 지는 가슴으로
흘러내리는 그대여!

회색 창가 젖어오는
애틋한 그리움이
코스모스 한들거리며
옥구슬 머금고 부끄러워
고개 숙이던 그대가
비가 되어 내립니다

갈대밭 물결 속으로
손잡고 걸었던 그대가
노을로 물들어 가는 날
해처럼 밝아오는
꽃이 되어 피어났습니다

금방이라도
커피잔 들고 방긋 웃으며 올 것 같은데
소식 없는 발걸음 소리에
창문을 열어봅니다.

스마트폰으로 QR코드를
스캔하면 시낭송을 감상
할 수 있습니다.

17

시인 김락호

(현)(사)창작문학예술인협의회 이사장
(현)대한문인협회 회장
(현)도서출판 시음사 대표
(현)대한문학세계 종합문화 예술잡지 발행인
(현)명인명시를 찾아서 CCA TV 대표
(현)대한창작문예대학 교수
저서 : 시집 <눈먼 벽화>외 10권
소설 <나는 야누스다>
편저 : <인터넷에 꽃 피운 사랑시>외 300여권
명인명시 특선시인선 매년 저자로 발행
시극 <내게 당신은 행복입니다> 원작 및 총감독
<CMB 대전방송 케이블TV 26회 방송)

시집 <시애몽>

인연의 고리가 질기다고 하셨나요 / 김락호

백 마디 말보다 하나의 가슴으로 서로를 사랑하고
눈빛만 쳐다봐도 알아주는 사랑이 아닌
그 사람 이름만 떠올려도 가슴이 차오르는
그런 사랑하길 소원했습니다

하루의 고단함을 한 번의 미소로 씻어내고
살포시 잠든 꿈속에서 따뜻한 입맞춤 나눌 수 있는
그런 우리가 되고 싶었습니다

인연의 고리가 질기다고 하셨나요

오늘은 작은 샛바람의 흔들림에도
가슴이 저려오고 문득 던진 한마디 말에도
허전함이 가슴에 박혀지는 아픔이 묻어옵니다

완전한 하나가 될 수 없음이
오직 나를 위해 존재하는 그대가 될 수 없음이
차가운 겨울비 내리는 창가만 서성거리게 합니다

인연의 고리가 질기다고 하셨나요

평생을 사는 동안 그리워할
나의 또 다른 하나가 당신인가요

오늘처럼 사랑이 외로운 날에는
이 질긴 인연이 사슬이 되어 당겨옵니다

당신이 내민 손 머뭇거리지 않도록
내 믿음 한곳에 눈물 흘리지 않도록
오늘 단 하루만 따뜻한 가슴으로 보듬어 주길
당신을 향한 내 사랑이 아파하지 않도록 말입니다.

스마트폰으로 QR코드를
스캔하면 시낭송을 감상
할 수 있습니다.

19

바닷가의 추억 / 김락호

은총 어린 파도 소리는
흩날리는 물보라와
솟구쳐 오르는 포말로
형언하는 언어는 사랑이 되어
모래 틈 속으로 숨어든다

함께하는 기쁨의 사랑은
찬란한 연둣빛 수평선 위로
바람의 노랫소리와
먼바다 수평선을 날아가는
어선에서 펄럭이는
원색의 깃발 소리로 연주를 한다

이제 내 심장이 두근거리는 소리로
살며시 미소 짓는 너의 입술에 입맞춤하고
너와 나의 가슴속 갈피 갈피마다
한 겹 한 겹 사랑을 새기어 놓는다.

단 하루를 살아도 / 김락호

단 하루를 살아도
나를 위해 살아가는 삶이 아닌
나를 위해 존재하는 당신을 위해
태어나 정해진 육신의 시간 동안은
당신만을 위해 살아가겠습니다

문득 스치는 옷깃으로 다가와
아리고 질긴 인생
그래도 당신이 내 인연이라면
천만번 환생해 이름 없는 초목으로
당신을 다시 만난다 하여도
단 하나 당신만을 위해 살아가겠습니다

짧은 듯 긴 듯
성한 듯 미숙한 듯도 않은
굴곡진 우리네 한세상
가던 발길 멈출 때도 있겠지만
어차피 만나야 될 하나의 사랑이었다면
내 마음 당신께 온전히 드리며 살아가겠습니다

당신의 하나가 나에겐 모든 것이기에.

봄 햇살 / 김락호

봄 햇살이 내 마음을
꿰뚫어 본다

거짓과 진실이 공존함을
감추기 위해
난
나무 그늘 아래 숨는다

꽃을 심는다

남몰래 봄 햇살 훔쳐
사랑의 엷은 홍조로 피어날
나만의 꽃 한 송이 심는다

억새기만 하던 겨울은
꽃바람이 되어 애무한다

심장에서 끓어오르는
애상의 숨소리로 널 키운다

손길 담아낸 꽃처럼
내 청춘 앞가슴에 매달려
비바람에 소리 없이
시들어 떨어지지 않기를 바란다

꽃잎 떨어진 서러움에
눈물 떨구지 않기를 염원한다.

침묵의 사랑 / 김락호

앞에 있어도 가질 수 없는 너
만질 수 있으나 소유할 수 없는 너
묵언의 침묵으로 바라보다
그저 담배 연기만 가슴속 깊이 파고든다

사랑한다는 통상적인 말보다는
내 마음 담을 수 있는
너의 눈빛 속에서 날 보고 싶다

보고 싶다는 변조된 수화기 속
너의 목소리보다 귓전에 들려오는
숨이 멎을 것 같은
너의 흐느낌을 느끼고 싶다

내 가슴에 살아 있는 널 포옹하고 싶다.

박·여·애·시·낭·송
모·음·집

시인 김보승

목차

부산 거주
대한문학세계 시 부문 등단
(사)창작문학예술인협의회 회원
대한문인협회 정회원
2019, 2020, 2022, 2024
　　　명인명시 특선시인선 선정
한국문학 향토문학상 수상
2023년 한국문학 올해의 시인상 수상

2024 명인명시 특선시인선

24

묵상 / 김보승

기슭마다 춘초의 발 빠른 부활은
걸친 봄볕에 파래지고
녹두 빛 이파리 물오른 산천은
더운 빛에 퍼런 멍울져 짙다

저 숲 뻐꾸기 띄엄띄엄 울음
하늘 밖에 사라지는 접시꽃 날은
목마름 갈증 타올라 축 처진
어깨 넘어 주름 빛 노을 주춤거린다

초춘의 애끓는 한 숨소리
나그네 시든 삶 통곡조차 버겁다.

상사화 / 김보승

그대 향한
불꽃같은 사랑
하늘이
갈라놓은 운명인가요

무심한 神이시여
긍휼히 여겨 주소서

숨결 같은 사랑
목숨인 양 그리다가
혈관 같은 꽃대
상사화 피웠었나니

진정 이룰 수 없는
사랑이라면
애타는 사모의 정
구천의 원귀 되리

오! 일편단심이여!

가슴에 피는 꽃 / 김보승

찔레꽃 슬픈 향기 이슬이 맺혀
개여울 찰방찰방 눈물비 아련하다

유월 금빛 추억 장독을 메우고
어쩌면 그리움은 가슴마다 뜨겁다

창포 같은 맑은 바람 사모곡 소리
서리서리 맺힌 사랑 마음 벅차고
문득문득 기억에 묻어나는
백합 같은 모습은 왜 이다지 가슴이 아리는지

시시때때로
불꽃처럼 피어 나는 어머니
목이 메어 주저리 떠는 가슴
타는 듯 보고 싶음은 세월 따라 슬프다

이 풍진세상 타버린 청춘아
구름 같은 인생의 노을빛 노래는
신작로 사라진 추억 길 따라
불러도 대답 없는 눈물 젖은 메아리

그립고 보고 싶은 어머니
꿈 일진 정 다녀가소서
꿈 일진 정 다녀가소서.

사랑의 굴레 / 김보승

어느 봄 낮 꿈의 환상 속에
아름답고 청순했던 기억들은
감주 같은 그리움으로 찾아와
낮달 더불어 구름 빛에 아롱대고

가끔 예쁜 선물로 다가와
마음은 두둥실 구름 타고 널뛴다

어쩌면 추억 같은 생각들은
문득문득 정열의 빛으로 쏟아져
때로는 물결처럼 일렁이는 마음에
설렘으로 샘솟고 풋풋한 애정의 꽃 핀다

산들산들 봄바람 간헐적 묻어나는
함박꽃 향기에 실려 온 사랑 타령은
저녁 빛 물든 어느 성숙한 날
소쩍새 너풀너풀 춤사위가 넉넉하다.

空(공) / 김보승

허튼사람아
깝죽거리며 나대지 마라
사람의
높낮이 본디 있었더냐?

영웅호걸
북망산은 웬 말이냐
공수래공수거 인생사

아! 당당함이 어쩌다 매정한 현실 앞에
비굴하게 무너져 내린다

아서라 사람아, 모두가 空

풀잎 같은 겸손과 용맹
불꽃처럼 활활 피워
겸양지덕 낮은 자세
온몸 메워라

웃음꽃 넘실넘실 넉넉한 세상
온누리 그 향기 넘칠 때까지.

시·여·애·시·낭·송
모·음·집

시인 김순태

목차

경북 구미 거주
대한문학세계 시 부문 등단
(사)창작문학예술인협의회 회원
대한문인협회 정회원
대한문인협회 대구경북지회 정회원
대한창작문예대학 졸업

<저서>
시집 "텃밭에서 세상 보기"

<공저>
가자 詩 심으러
2020 명인명시 특선시인선
2021 명인명시 특선시인선
2021 현대시와 인물 사전 선정

시집 <텃밭에서 세상 보기>

황새냉이(Card amine) / 김순태

빙결(凍結)도 두렵지 않았을 게다
해동은 아직인데
맨발로 땅을 밟던 호미가 잠들고
엉켜버린 건초 사이
깊은 뿌리를 박았을 게다

잔설이 걷혀도 호미는 깨어나지 않았고
그 이후 수없이 돌아보았을
곳간의 붉은 눈물자국
시린 가슴이 되었을 게다

해풍이 발맘발맘 걸어오던 날
아무 일도 없었다는 듯 시치미 뚝 떼고
꽃잎 입은 마른 가지에
하얀 나비 떼는 올해도
그다음 해도
한가로이 날았을 게다

바람이 분다
대궁이 가붓가붓 흔들리는 모습
이유 없이 가슴이 떨리지는 않았을 게다
하얀 꽃가루가 들녘을 거닌다
분명 나비의 날갯짓일 거야
가냘픈 여인은 한을 풀었을 게다.

가을 장미 / 김순태

잠에서 깨어났을 때 아무도 존재하지 않았고
어슴푸레 잦아드는 그림자
두려움은 아마 그때부터 시작된 건지도 모르지!
음산한 기운이 스쳐 가는 걸 보니
잘못된 길을 걷고 있음이야

그림자의 크기가 가늠할 수 없을 만큼
부피가 늘어나고
이슬방울 떨어지는 소리와
몸을 휘감고 지나가는 시선과
무심한 듯 힐끔 힐끔거리는 가랑잎
모두가 낯설고 쫓기듯 바쁜 심장 소리만 커진다

선택할 수 있는 길은 돌담이지만
숙명이라 꾹꾹 누르며
가야만 했을 절박한 순간
저만치 보이는 희미한 빛줄기 믿고
철심처럼 단단한 가슴에 의지하며
애써 웃음 지어야 했다

한번 들어선 길 돌아갈 수 없다면
미련일랑 접어 두고
저만치 서성이는 햇살 당겨
누르던 그림자 벗겨내고
부드러운 숨결 느끼며
행복으로 물드는 꽃잎이면 된 거야!

향기가 머무는 자리 / 김순태

가냘픈 기둥으로 무너지지 않으려 수없이 버티다
조용히 내려놓은 곳에 묻어 있는 향기가 있습니다

가슴 깊이 배어들어
그 누구도 흉내 낼 수 없는
이성에서 가장 아름다운 당신의 향기는
치자꽃 미소입니다

눈물에 잠겨 있는 복의 속에 하얀 꽃은 무향이지만
가슴에 묻은 젖 냄새는
하늘 아래 가장 진한 그리움입니다

갈색으로 갈아입은 까슬한 잔디
해탈한 구절초 미소가 머무는 곳에
은은한 당신의 향기에서 시간은 멈춥니다.

사랑이라 말한다 / 김순태

어른 되는 꿈을 꾸던 그때는
지금을 알 수 없었다

별 무리 쫓던 시절은
물거품처럼 흩어지고
어둠 속에 잠들어 있던 생각이 고요를 깨고 걸어 나와
수만 갈래 놓여 있는 세상 속에 나를 본다

봄이 되면 그저 꽃이 피었다 지는 줄만 알았다
역경의 시간을 예상하지 못하고
고운 꽃잎에만 연연하며
불어오는 바람에 투덜거릴 때도 있었다

동행의 길섶 한 떨기 들꽃은
흔들릴 때 샤넬 향기를 알았으리라
말없이 발맞추며 걸어온 세월
좁아진 어깨여도 기대어보며
느린 박자에 익숙해진다

바람에 실려 가는 구름처럼
아름답던 시절은 자취를 감추고
서산에 걸터앉은
노을빛 닮은 인생이 되고서
회심의 의미를 비로소 깨닫는다.

꽃잎 지다 / 김순태

고통의 무거운 옷을 벗어버린 속살에
실오라기처럼 가벼운 명주옷 입고
미소 띤 모습으로 걸어가는 뒷모습

올망졸망 따라가는 슬픔을 못 본 척
뒤돌아보지 않고 갈 길 재촉하듯
한 잎 한 잎 땅으로 떨군 슬픔

어느 날 꿈속에서 걸어 나와
환하게 웃는 너를 보고
안도의 한숨을 뱉어내고
걱정을 덜어낼 수 있었다

그곳이 편하다는 말 하지 않아도
느낌으로 알 수 있는 그런 미소
꽃잎은 떨어져도 너는 꽃이다.

시인 김정윤

대구미래대학교 사회복지학과 졸업
한국방송통신대학교 국어국문학과 졸업
대한문학세계 시 부문 등단
(사)창작문학예술인협의회 회원
대한문인협회 정회원
(사)한국문인협회 회원

2019. 12. 한국문학 올해의 시인상
2020. 03. 이달의 시인 선정
2021. 12. 한국문학 예술인 금상
2022. 06. 짧은 시 짓기 전국 공모전 은상
2023. 03. 신춘문학상 전국 공모전 은상
2023. 06. 짧은 시 짓기 전국 공모전 장려상
2023. 12. 한국문학 발전상
2024. 06. 짧은 시 짓기 전국 공모전 금상

<저서>
시집 <감자꽃 피는 오월> 2020년 04월

시집 <감자꽃 피는 오월>

그리운 어머니 / 김정윤

밤하늘 별바다
유난히 밝은 별 하나 나의 어머니
바라만 보아도
흐르는 눈물에 목이 메어옵니다

바람처럼 스쳐 간 백 년의 세월
차디찬 바닥에 무릎을 꿇고
눈물로 시작하는 어머니의 하루
눈물 젖은 어머니의
새벽 기도 소리가 들려옵니다

이 세상 무엇으로 가늠할 수 없는
봄날 같은 어머니
어렵고 힘든 일에도
웃음 한번 잃지 않던 어머니

밤하늘 별 바다
유난히 밝은 별 하나 나의 어머니
바라만 보아도
흐르는 눈물에 목이 메어옵니다.

주막 앞의 초상화 / 김정윤

깊어져 갈수록 출렁이는 도시의 밤
골목길 외진 곳에도 어둠을 적시는
네온 빛 구슬비가 내립니다

가난의 은신처인 초라한 주막 처마 밑에
회색 도리구찌를 눌러쓰고
지그시 눈을 감고 졸고 있는 노파

얇은 외투 위로
무겁게 내려앉은 뿌리 깊은 고독
거친 숨을 쉴 때마다
흐느끼듯 흔들리는 작은 어깨 위로
빗방울이 떨어집니다

어머니!
얼마나 외로우셨기에
이토록 많이 취하셨나요?

고단했던 삶 전부를 자식 위해 던지시느라
문신처럼 새겨진 골 깊은 주름

손가락 마디마디 옹이처럼 박인 굳은살이
이제는
술잔을 들기에도 무디어 가는 감각

한 자락 흘러내린 흰 머리카락에서
마지막 소리 없는 고통으로 떨어지는 빗물

이 세상 어머니의
살아있는 초상화를 바라봅니다.

해바라기 / 김정윤

비가 내립니다
하염없이 내리는 비를 맞으며
바라만 보아도
눈시울이 뜨거워지는
야윈 해바라기를 봅니다

기쁨보다
슬픔이 많았던 지나간 세월
세상에 뿌려진
숱한 눈물의 뿌리들이
가슴에 응어리 되어
까맣게 타버린 꽃

하얀 이를 드러내고
환하게 웃는 모습이
예쁜 들꽃이라 여겼던 당신은
무심한 세월을
바라만 보고 살아온
기다림의 꽃이었습니다

삶이 고단하여 방황하는
등 뒤에서 그림자 되어 지켜온 꽃
해바라기
지나간 날보다 짧은
남은 우리의 삶은 당신을 위한
하늘에 해가 되겠습니다.

달집태우기 / 김정윤

춤을 춘다
머리채를 풀어헤치고
미친 듯 몸을 흔들며 춤추는 여인

바람이 불 때마다
허리를 뒤틀며 하늘로 날아올라
해묵은 액운을 태운다

진한 솔향을 뿌리며
춤추는 여인의 몸속으로 뛰어든 사악한 악귀들이
타는 불꽃에 몸부림치며 토해낸 검은 연기가
긴꼬리를 달고 하늘 높이 날아간다

훨훨 타오르는 불꽃 속에서
벽사진경(壁邪進慶) 사악한 액운들이 쫓겨가고
희망찬 새해의 날이 밝아온다.

* 벽사진경(壁邪進慶): 사악한 것을 쫓고 경사를 맞아들임.

문상(問喪) / 김정윤

흐느낌이 흠뻑 젖은
영락원 뜰에도 봄이 왔다
꽃샘바람이 스치고 간 뜨락엔
눈물 젖은 꽃잎이 허공을 날고 있다

꽃이 진 자리에
연둣빛 속살을 드러낸
왕벚나무 작은 떡잎이
고개를 내민 울산 영락원

국화꽃으로 단장한 제단 위에
곱게 차려입은 영정을 바라보며

꽃이 지면
잎이 피는 것이
자연의 순리(順理)라면

한번 가면
다시 돌아올 수 없는
인생의 마지막 가는 길이
한없이 서글퍼진다

국화꽃 한 송이 제단에 올려놓고
가시는 길 고이 가시라
영위(靈位)에 기도하니

돌아가신 나의 어머니 생각에
목이 메어옵니다.

박·영·애·시·낭·송
모·음·집

시인 **남원자**

아호 진향(眞響)
경기도 광주시 거주
대한문학세계 시 부문 등단
(사)창작문학예술인협의회 회원
대한문인협회 경기지회 정회원
<수상>
2020년 좋은 시 선정, 시가 있는 아침 선정
2021년 한국문학 올해의 시인상
2021년 좋은 시, 금주의 시 선정
2022년 한국문학발전상
2023년 짧은 시 짓기 전국 공모전 동상
2022년 특별초대 시인 시화전 참여
(시 자연에 걸리다)
2023년 특별초대 시인 시화전 참여
경기지회 향토문학상 대상
2023년 제11기 대한창작문예대학 졸업
2023년 문예창작 지도자 자격 취득
2024년 3월 이달의 시인 선정

<저서>
시집 "꽃 피는 삼월"

시집 <꽃 피는 삼월>

비둘기 사랑 / 남원자

내 맘속에 꼭 저장해 놓은 당신
파릇파릇한 잎을 보면 눈물이 납니다

바람이 불어 좋은 날도 있지만
흐리고 안개 낀 날은 벤치에 앉아
어슴푸레한 물풀을 보면서 환희에 젖습니다

고즈넉한 찻집에서 쓰디쓴 아메리카노를 마시고
비발디의 사계를 귀 기울여 들으며
봄, 여름, 가을, 겨울 아름다운 계절을 만끽합니다

가끔은 항아리 깊은 곳에 담고 꺼내 놓지 못한 이야기
흘러가는 시냇물에 종이배 띄워서
통통거리며 흘러 흘러서 노 저어갑니다

새가 울고 노래 부르는 멜로디처럼
아름다운 화음으로 노래 부르면서
함께 인생길 갑니다.

청보리밭 추억 / 남원자

봄볕에 파랗게 피어나는
잊었던 기억들이 하나씩
파노라마를 보는 것처럼
앨범을 펼치듯 떠오른다

파란 하늘 아래 흰나비 날고
종달새가 노래하는 뒷산에
까까머리 단발머리 학생들
고향에 두고 온 친구들 생각난다

까칠까칠한 수염을 입에 물고
따가운 줄도 모르고 피리 불고
까맣게 그을린 손으로 호호 불던
껌으로 씹던 그리운 청춘이다

초록 물결 이루는 곳에서
숨바꼭질하고 놀았던 유년 시절
친구가 좋아 책가방 던져 놓고
해가 서산에 걸릴 때 엄마 찾는다.

벚나무 인생 / 남원자

넓고 푸른 초원
드넓은 호수
아름다운 경관과 벗 삼아
이야기할 수 있는 오늘이 좋다

봄에 잉태되었던 벚나무
하늬바람 꽃바람 불어
비바람에 함께 사라진 꽃
아쉬워서 꽃 눈물 흘렸다

오늘이 아니면 볼 수 없는
연두색으로 물들인 나무들
꽃 진 자리에 화려하게
비 오는 날 수채화를 그렸다

바람에 흔들리고 비에 젖어
시원한 그늘이 되고
가을에 열매를 맺듯이
내 생애 이름 석 자
남기고 떠나고 싶다.

어머니의 봄 / 남원자

실개천 둑길 따라
산수유 노랗게 꽃 피고
진달래가 한창일 때
봄 향기 바람결에 스치면

양지바른 언덕길
왜바지에 빨간색 스웨터 입고
나물 바구니 옆에 끼고
어머니는 잰걸음으로 분주하다

날쌘 손놀림 뽐내시며
쑥 달래 냉이 쑥부쟁이
봄을 한 바구니에 가득 담아

온 동네 마을 잔치
식구들 밥상머리에 둘러앉아
이야기꽃을 피우시던
어머니의 옛날 맛이 그립습니다.

섬진강 기차마을 / 남원자

푸르름 가득 안고 추억이 꽃물 드는 오월
오색 빛 향기를 품은 눈부신 계절의 여왕
장미꽃 축제의 달이다

꽃내음 그윽한 장미공원에
아련한 옛 추억이 가슴에 스며들어
섬진강 기차마을에 추억을 싣고
내 고향 집으로 달려간다

사립문 열고 들어가 보니
장독대에 아기자기한 꽃마당에는
나비가 날아다니고
장미가 고향 집을 지켜주고 있다

심장이 터지도록 붉게 핀 사랑의 꽃 장미
녹음이 짙어가는 들판에 물결치는 청보리
어머니가 손짓하는 내 고향에 오래도록 머물고 싶다.

박·영·애·시·낭·송
모·음·집

시인 박영애

목차

1. 아직은

2. 아버지의 눈

3. 그림자

4. 74초 70의 영광

5. 나를 돌아보며

대한문학세계 시 부문 등단
문예창작지도자 자격 취득
시낭송지도자 자격 취득
현) (사)창작문학예술인협의회 부이사장
전) 대한시낭송가협회 회장
현) 대한시낭송가협회 명예회장
현) 대한창작문예대학 지도 교수
현) 시낭송교육 지도 교수
현) 대한문학세계 심사위원
현) 대한문화예술방송 아트티비
     '명인명시를 찾아서' MC
현) 조세금융신문 '詩가 있는 아침'
     시 소개와 시낭송 연재

<공저>
시 마음으로 읽다 엮음
명시 언어로 남다 엮음
낭송하는 시인들 엮음
2015-2022 명인명시 특선시인선 선정
대한문인협회 대전충청지회 동인지
   "삶이 담긴 뜨락",
   "충청의 향기 비단강처럼" 외 다수

박영애 시낭송 모음 12집
<시 한 모금의 행복>

48

아직은 / 박영애

당신이 이 세상 떠나던 날
그 슬픔은 눈이 되어 내리고
내 마음을 얼게 했습니다

흐르는 시간 속에
내 심장은 멈춘 듯 뛰지 않았고
초점 없는 눈은
먼 허공만 바라보았습니다

망부석이 되어
흔들림 없이 나만을 바라보고
사랑하겠노라 고백하던 당신

그 사랑을 감당할 수 없어
환한 웃음 대신
당신을 외면하며 아프게 했던 순간들이
한없이 후회스럽습니다

아직도 나는
당신을 보낼 수 없기에
마지막 가는 길 배웅하지 못하고
가끔
주인 없는 전화번호에 메시지를 남깁니다

잘 지내고 계시지요
보고 싶습니다.

아버지의 눈 / 박영애

내가 아이였을 때
아버지의 눈은 선한 양이었습니다
인자하신 눈길은 나를 바라보시는 아버지의 눈 안에
포근한 아이였습니다

내가 잘못할 때는
가장 매서운 맹수의 눈이었습니다
예리한 눈길로 나를 바라보시는 아버지 눈 안에
바른길로 자랐습니다

내가 어른이 되어서는
바라보지 못하고 있습니다
너무 감사하고 사랑스러운 아버지의 눈 안에
인생의 허무함이 녹아 있습니다

어느 날 거울 속에 비친 내 눈에
아버지의 눈이 있습니다
한참을 멍하니 바라보는 내 눈에
아버지에 대한 그리움이 사무쳐
애타게 아버지를 불러봅니다.

그림자 / 박영애

사랑과 미움이 공존하듯이
내 삶의 일부가 되어
어디를 가든 함께하는 너

그늘진 유혹의 손길 살며시 다가오면
조금의 망설임도 없이
너의 존재를 버려야 하지만
감출 수 없는 나의 모습을 하고
늘 따라다닌다

아무리 많은 사람에게 밟혀도
아프다는 소리 한 번 내지 않고
묵묵히 외길을 가는 너의 존재는
혼탁하고 어지러운 세상에서 살아가는 나에게
삶의 나침반이 되어준다.

74초 70의 영광 / 박영애

얼마나 흘렸을까
그 긴 시간 동안 묵묵히 흘린
인고의 땀방울과 눈물

차가운 빙판과 칼날을 친구삼아
자신과의 싸움에서 승리해야 하는
길고도 긴 여정이었을까

외롭고 힘든 길이지만 포기할 수 없던 길
고통의 순간은 희망으로 차오르는 함성을 만들고
금빛으로 치장한 꽃을 피웠다

소치의 하늘에 태극기 휘날리며
가슴속 깊은 곳에 손을 얹고
환희의 눈물과 염원의 노래를 간절히 부른다.

* 이상화 선수 금메달 (소치 올림픽)

나를 돌아보며 / 박영애

길을 걷다가 땅에게 묻는다
넌 누구니?
말없이 나를 받쳐주던 그가
내게 말한다
그런 넌 누구니?

창문 너머로 들어오는 바람에게 묻는다
넌 누구니?
가만히 나를 감싸 안던 그가
내게 말한다
그런 넌 누구니?

밤하늘의 수많은 별들에게 묻는다
넌 누구니?
삶의 방향을 말없이 가리키던 그가
내게 말한다
그런 넌 누구니?

되돌아온 그들의 질문에
난 얼굴 붉히고
아무 말도 못 한 채
약속 하나 남겼다

내가 누군지 삶을 돌아본 후에 대답하겠다고.

박·영·애·시·낭·송
모·음·집

시인 박춘숙

강원도 춘천 출생
칼빈 신학교 졸업
미국 바인대학교 교육학 석사
예수제자운동(JDM) 간사/ 선교사
안면도 그때 그펜션 운영

대한문학세계 시 부문 등단
대한문인협회 정회원
(사)창작문학예술인협의회 회원
대한창작문예대학 12기 졸업
문예창작지도자 자격 취득

<공저>
2022년 10월 선교문학 창간호
2022년 국제문학 28회
2024년 대한창작문예대학 12기 졸업 작품집

제12기 대한창작문예대학 졸업 작품집
<시가 열리는 나무>

54

엄마의 마음엔 엄마가 없습니다 / 박춘숙

기억의 문이 서서히 닫히고 있는
울 엄마
나 괜찮다, 건강하다 하시며
보란 듯이 지난날을
주저리주저리 나열하십니다

너희만 건강하면 돼
네가 지금 옆에 있어 난 행복하구나
지그시 바라보시는 눈가엔 눈물이
글썽거리십니다

엄마의 세월 강물엔
우리와 함께했던 수많은 추억이
은빛 윤슬처럼 빛나는가 봅니다

한평생 자식을 위해 사신 어머니
삶의 거센 비바람을 대신 막아 주시느라
엄마는 많이 쇠하셨습니다

엄마의 마음엔 엄마가 없습니다
기억이 사라져 가는 순간에도
오로지 자식 생각뿐입니다.

갈매기의 꿈 / 박춘숙

나는 검푸른 바다가 두려운 갈매기
거센 파도를 타고
바다를 향해 날아오르고 싶지만
해변 후미진 곳에서 망설이며
고독한 꿈을 꾸고 있을 뿐

바다는 은빛 낙조를 띄우고 찰랑이며
주저주저하는 나를 어서 오라 부르면
한없이 작아졌던 마음은
바닷빛 담은 영롱한 눈이 되어
흰 파도를 가른다

그래, 용기를 내자
부서지는 파도에 몸을 맡기고
삶의 험난한 바다로 나가자
미지의 세상을 향하여
더 높이 더 넓게 더 멀리 날아보자.

해송 / 박춘숙

그는 늘 바다가 되고 싶다 한다
봄이나 여름, 가을, 겨울까지
꿈 묻은 색채
갈망의 몸부림은 검푸르다

파스텔 같은 별들이 뜨고
바다 깊은 곳을 넘는 바람
남빛 하늘 저편을 노래한다

가냘픈 들꽃에
눈시울이 젖거나
늦다는 것과 망설이다는 동사가
죄스러운 오늘
고독의 잔을 비워
안개 짙은 산허리를 돌아보리라

고즈넉한 바람을 털고
별을 세며 밤 우는 나무
뭇별 이름을 불러주는 그리움
변할 줄 모르는 천진함으로
자유에 대한 갈망만
검푸른 바다를 출렁이고 있다.

손님 / 박춘숙

긴 겨울을 지나
지친 보따리를 달고
바람처럼 찾아왔다

밤을 지새우며
사연을 풀어내느라
등불 환하게 지폈다

고된 삶의 이야기에
서로의 창이 열리면서
추억이 차곡히 쌓이고

잠시 쉬어 가는 쉼터
그곳엔 봄날 같은 따스함이
머물러 있다.

12월의 당신에게 / 박춘숙

당신에게 한아름 꽃다발을 드립니다
지난 1년 수없이 절망할 수 있었지만
당신은 희망을 놓지 않았습니다

때때로 미움이 솟구쳐
관계를 정리하고 싶기도 했지만
당신은 마음 한구석 연민으로 미움을 이겨냈습니다

지우의 배신으로
이젠 아무도 믿지 않겠다는 결심을 하였지만
당신은 무슨 말 못 할 사정이 있을 거야 하며
우선 사람을 믿기로 하였습니다

사랑하는 사람이 떠났을 때는
온 세상이 다 무너지는 충격이었지만
당신은 만남과 이별도 범사이기에
떠나는 사람을 축복했습니다

모든 걸 다 잃어버려 삶을 정리하고 싶기도 했지만
당신은 살아 있으므로 좋은
아주 작은 감사를 찾아냈습니다

12월의 당신은 아주 훌륭합니다
12월의 당신은 성숙을 향해 나아가는 향기가 납니다
다시 도전하는 새로운 한 해를 앞두고
당신은 일어서 한 발 내디딜 것입니다

12월의 당신은 향기로운 꽃다발을 받기에 충분합니다.

박·영·애·시·낭·송
모·음·집

시인 박희홍

계간지 '대한문학세계'로 등단
(사)창작문학예술인협의회 회원
대한문인협회 정회원
한국문인협회 회원

<저서>
제1시집 쫓기는 여우가 뒤를 돌아보는 이유
제2시집 아따 뭔 일로
제3시집 허허, 참 그렇네
제4시집 문뜩 봄
제5시집 괜찮아 힘내렴
제6시집 설렘 반 기대 반

제6시집
<설렘 반 기대 반>

착시현상 / 박희홍

긴장감을 높여
혈압을 오르게 하는
무한 음계의 미로 같은
다이달로스의 작품

좌우로 돌고 돌아
오르내린다 한들
다람쥐 쳇바퀴 돌듯
제자리걸음만 하고 있다

오늘에서 또 다른 오늘로
끝없이 이어지는
우리의 삶은 펜로즈의 계단

꿈속에서 무한 회귀하며 깨어나도
제자리로 돌아오는 것처럼
보고 싶은 것만 보려 하는
우리의 본성에서 오는 것 아닐까

* 다이달로스 : 그리스 신화에 나오는 건축가·조각가.
* 펜로즈의 계단 : 로저 펜로즈가 고안한 불가능한 모양의
  계단으로 하나는 높이는 변하지 않고 한쪽방향은 영원히
  올라가고 다른 한쪽은 내려가기만 하는 4각 계단.

봄만 되면 / 박희홍

한가득 채워 터질 것만 같은 꼴망태
무거워 휘청휘청 힘 빠진 발걸음에
뽕뽕 뽕 방귀가 박자 맞추는 봄

점심을 못 먹어 풋보리 잘라
불에 그슬러 오돌오돌 씹어 먹으며
검댕이 묻은 서로의 얼굴 바라보다
배고픔에 이미 빠져 버린 배꼽 없는
배꼽을 잡고 웃게 하는 봄

솔가지 분질러 송키를 벗겨 먹고
딱주 캐 벗겨 먹으며 풀꽃 베어다가
나물 만들어 식어버린 꽁보리밥에
비비고 비벼 먹고서도 배고팠던
봄 끝자락 보릿고개 저녁밥

얼음처럼 차가운 옹달샘 물 한 바가지로
답답한 가슴을 풀던 순간을 떠올리면서
늙어버린 그때의 아이
요즈음 세상 참 좋긴 좋다며
혼잣말에 취하는 먹거리 푸짐한 봄

꿈과 희망 / 박희홍

오늘이란
힘겹게 짊어지고 가는
뜨겁게 달구어진 짐
내일을 비추는 거울

봄비에
가볍게 솟아오르는
새싹과 새순처럼

내일이란
오늘의 고난과 역경을 끝내고
일어서기 힘든 짐을 지고서도
가볍게 일어서게 하는 존재

오늘이 어제로 변하면
신비스러운 내일이
오늘이 되어 다시 올 것을 믿기에
오늘의 험난함을 이겨내게 하는 힘

수줍음의 꽃 / 박희홍

배꼽시계가
'다섯 점 반'을 지나
약간 출출한 해 질 녘

밥 지을 시간이라고
활짝 웃으며 '다섯 점 반'이라고
나팔 불어 잔잔한 향기를 퍼 나른다

해가 밝은 아침 녘이면
너무도 아름다운 자태
자랑하기 부끄러워
긴소매로 얼굴 가리는
수줍은 여인 같은 꽃

장독대 곁에 두고
애지중지 키워
분粉 만들어 바르던
누이가 좋아하는 꽃, 분꽃

사뿐사뿐 오간다 / 박희홍

동지(冬至)를 멀리 떠나보냈으나
여전히 춥다
바람이 세차고 얼어붙는 것을 보면
눈이 내릴 징조다

겨울 바람꽃이 웃는다
여전히 매섭게 눈이 내린다
대한(大寒)에 웃비가 내리면
계절을 망각한 채 노란 꽃들이
정겨운 노래를 부르며 다가온다

귀로 들을 수 없어도
봄의 마법이
아롱아롱 푸른 물결치는 소리

절망에서 벗어나
새로운 희망으로
용기 있게 길을 나서
꿈의 씨앗을 심고 가꾸라는
힘찬 응원의 소리다

박·영·애·시·낭·송
모·음·집

시인 서석노

서울 마포구 서교동 거주
2021년 대한문인협회 시 부문 등단
2023년 대한문인협회 수필 부문 등단
(사)창작문학예술인협의회 회원
대한문인협회 서울지회 정회원
대한창작문예대학 졸업

<수상>
2021년 짧은 시 짓기 전국공모전 동상
2022년 한국문학 향토문학상
2023년 한국문학 올해의 작품상
2024년 문예창작지도자 자격 취득
2024년 짧은 시 짓기 전국공모전 동상
2024년 대한창작문예대학 졸업 작품 경연대회 금상

<저서>
시집 "노을빛 비치는 삶의 연가"

2021, 2022, 2023년 특선시인선 공저

시집 <노을빛 비치는 삶의 연

66

삶의 그림자 / 서석노

책꽂이 한 귀퉁이 꽂혀 있는
빛바랜 일기장들

달콤쌉쌀한 첫사랑의 추억과
고뇌하던 청춘의 열정도
무거운 짐 추스르며 부대낀 지나온 삶과
아이들의 성장 과정의 희비도
부모님과 아픈 이별의 순간 떠오른다

긴 듯 짧은 듯 걸어온 인생 뒤안길
온갖 사연 담긴 일기장 들여다보니
헛헛한 인생 뒤안길 회상에
주름진 눈가에 이슬 맺히고
애잔한 미소 지으며 삶의 흔적 돌아본다.

뒷마당의 봄 / 서석노

큰 마루 뒤창 밀면
살구꽃이 화사하게 웃고 있고
돌담에 걸친 개나리 춤추는
그윽하고 아늑한 뒤꼍이 보인다

병아리 떼 아장아장 소풍 나오고
복슬강아지 꽃비 속에 깡충깡충
봄 향기 따라 손님 가득한 뒷마당
화전 부치는 엄마의 등에는
하늘하늘 아지랑이 피어오른다

어느덧 북적대던 시절은
세월의 뒤안길로 사라지고
늙은 살구나무만이 꽃잎 떨구며
홀로 봄날의 뒷마당을 지키고 있다.

아버지의 라디오 / 서석노

지직대며 잡음 섞인 뉴스와 음악 소리
단잠 깨우는 라디오 소리와 함께
아버지의 하루가 시작되는 새벽

울타리 지키는 땀과 고뇌의 일상
하루 끝 피로에 지친 육신 뉘면
나지막이 라디오와 코 고는 소리

간절했던 바람 뒤로하고
급히도 먼 길 떠나버리신 아버지
그리움에 울컥 눈시울 붉히며
오래된 라디오 어루만진다.

쑥버무리 / 서석노

묵은 겨울 지나 새봄 오면
갇힌 마음 풀어놓자마자
다가오는 허기

보릿대 남실남실 춤추어도
허기진 아이 배고픔 못 달래고
안타까운 어미 마음
봄 햇살 미워진다

웃자란 쑥 뜯어
좁쌀 가루 뿌려 쑥버무리 쪄내면
눈물 젖은 아이 행복하다

바라보는 어미 마음
스치는 봄바람에
쑥버무리 내음이 서럽다.

밤꽃 / 서석노

유월의 정념 가슴에 와닿고
흐드러진 녹색 비단 폭에
뽀얀 쌀가루 곱게 수놓았다

햇살의 애무에 꽃술 펼치고
별빛 흐르는 밤 기다리다가
숨긴 속내 뜨겁게 내뿜으니
향기에 취한 뻐꾹새 밤잠 설치고
이 산 저 산 임 찾아 뻐꾹뻐꾹

심연에 숨겨진 욕망은
누를 수 없는 열정으로 피어나고
목마른 사랑의 갈망으로
밤꽃 향기에 묻혀 뒤척인다.

시인 송근주

대한문학세계 시 부문 등단
(사)창작문학예술인협의회 회원
대한문인협회 서울지회 정회원

<저서>
제1시집 "그냥 야인"
제2시집 "뭔 말이야"
제3시집 "살아 있다"
제4시집 "움직여라"

제4시집 <움직여라>

꿈길 2 / 송근주

아주 느리게 보인다
시간이 멈춘 것 같다
가는 시간
인간의 법으로 정한 시간이 멈추었다

내 시야에 가깝게 다가온다
아주 느리게 보이게 한다
아니 내가 빠른 것을 느리게 본다
아니 내가 느린 것을 그대로 본다

멈추지 않았다
똑같은 시간과 공간 속에
나만 느끼는
감각의 깨달음이다

꿈이기에
꿈길을 가고 있기에
꿈속이니
꿈속에 살고 있다

아픔, 슬픔 / 송근주

마주 보고 있어도
마주 보는 것 아니요
마주쳐도
마주치는 것 아니다

보이는 세상
꿈결 지나가는
그때의
아픔, 슬픔 같다

모였다 흩어지는
그때그때의 살아있음
그리움의 대상이요
꿈이라

만나 인연이 되고
인연이 된 만남 헤어지고
꿈이라
바뀌는 것과 지나가는

순간 / 송근주

봄 여름 가을 겨울 계절은
어김없이 달력을 넘기게 한다
길 따라가고
없던 길도 낸다

넘치지도 부족함도 없이
길을 찾아든다
경쟁도 없는
순간이 있다

봄의 순간
여름의 순간
가을의 순간
겨울의 순간

봄 여름 가을 겨울
오차 없는
편견 없는 계절
순간이다.

낙엽 / 송근주

갈대가 흔들거리고
단풍이 지는 계절
가을이다

기도하는 마음으로
대추를 털고
감나무에 달린 감을 떨구고 있다

푸르던 계절 여름이
손을 팔랑팔랑 흔들고
단풍잎이 우두두둑 아래로 아래로
공중 부양하며 내려오고 있다

구름에 덩실덩실
춤추는 낙엽 되어
낙하산을 펼치고 온다

좋다 / 송근주

하늘이 맑아 보여도 좋다
하늘이 어두워 보여도 좋다
내가 하늘을 보고 있으니 좋다

냇물이 흘러가는 길을 물길이라 하니 좋다
물길이 끝없이 이어져 있어 좋다
좋은 물결 볼 수 있어 좋다

바다로 흘러 흘러가는 물길의 물결
사는 게 무언지 알게 해주는 길과 같아 좋다

하늘과 하나 된 몸
바닷길 여는 물길
서로를 비추고 있는 거울 같아 좋다

시인 송태봉

서울 거주
관세사 (주)거보&(주)돈키호테 대표
대한문학세계 시 부문 등단
(사)창작문학예술인협의회 회원
대한문인협회 정회원(서울지회)

'詩 자연에 걸리다.' 특별초대 시인 시화 선정 (2022,2023)
2023 명인명시 특선시인선 선정

<수상>
2021 한국문학 올해의 시인상
2023 한국문화 예술인 금상

<공저>
박영애 시낭송 모음 12집 '시 한 모금의 행복'
박영애 시낭송 모음 11집 '명시 가슴에 스미다'
2024 명인명시 특선시인선
2023 명연명시 특선시인선

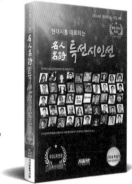

2024 명인명시 특선시인선

해바라기의 염원 / 송태봉

고마운 당신을 위해
정성을 다한 상차림입니다

둥그런 달을 소반 삼고
옥토끼에게 쌀을 얻어
은하수에서 떠온 맑은 물에
하얀 쌀밥을 지었습니다

구름에 별빛을 담아내어 나물을 만들고
산새의 노래로 버무렸습니다

한 수저 뜨실 당신을 생각하니
저의 온몸이 뜨거워지고
아련한 그리움에
눈물은 어느새 심장을 적십니다

나의 아버지 / 송태봉

높이 솟은 초승달이
아직 하늘 끝자락에 걸려 있는 시간

천근보다 무거운 눈꺼풀을 깨우고
젖은 솜마냥 무거운 몸뚱이를 일으켜
또 하루를 시작합니다

어허야
짐짓 허공에 큰소리치고 발걸음을 내딛습니다

시냇물이 조약돌을 걷어내고
마침내 물길을 만들어 나아가듯이
땀과 의지로 아로새겨간 당신의 하루가 모여
삶이 되었습니다

아버지 나의 아버지
기우는 태양이 석양에 몸을 묻듯이
이제는 제가 당신의 안식처가 되고 싶습니다

나그네의 수구초심 / 송태봉

고향을 떠올리면 언제나
가슴을 설레게 하고
영혼을 먹먹하게 적십니다

그것은 어머니의 자궁을 그리워하는
원초적 그리움이요
지친 영혼이 본능의 도피처로 향한
그대로의 회귀입니다

그곳의 햇살은 늘 포근하고
애썼노라고 수고했노라고
어깨를 다독이며
따뜻한 위로를 건네는 그런 곳입니다

밤하늘에는 개밥바라기가 빛나고
계절은 언제나 이름 모를 꽃들로
가득 넘쳐났으며
노고지리 지저귐에
누렁이가 화답하는 그런 곳입니다

여름날의 회상 / 송태봉

무심코 하늘을 쳐다보니
희미한 빛을 발하고 있는 작은 조각달
높은 하늘 저 멀리 떠 있던 별들이
그 옆으로 슬며시 내려와 앉았다

선명한 하늘에
지친 듯 멈춰 떠 있는 작은 구름 두어 점
구름이 가던 길을 멈추니
숲속 작은 나무와 풀벌레도 따라 움직임을 멈춘다

초대하지 않았지만 문득 찾아온 고독이란 감정
보랏빛 노을처럼 아련한 감상이고 싶지만
그것은 절실하게 느껴지는 아픔이었고
목이 쉬어라 외쳐 떨쳐버리고 싶은 슬픔이 되어버린다

그리움 / 송태봉

서쪽 하늘의 눈썹달이
성급한 아침의 재촉에
힘에 겨워하는 시간

주인 떠난 외딴집에
외롭게 마당을 지키고 있는
한 그루 감나무

어디선가 불어오는 늦가을 바람에
힘겹게 붙들고 있던
마지막 잎들의 손을 놓는다

끊어져 버린 인연에 대한 미련이런가
바람 한 자락이 아래로 내려와
슬쩍 들어 올려보지만
이내 두어 바퀴 원을 그리다
마당을 쓸고 지나간다

스마트폰으로 QR코드를
스캔하면 시낭송을 감상
할 수 있습니다.

83

시인 신향숙

대한문학세계 시 부문 등단
(사)창작문학예술인협의회 회원
대한문인협회 경기지회 정회원
대한창작문예대학 졸업
문예창작지도자 자격 취득

<수상>
2023 한국문학 발전상
대한창작문예대학 졸업 작품 경연대회 동상
2024 신춘문학상 전국 공모전 장려상

<공저>
문학이 꽃핀다 (문학이 꽃핀다 동인문집)
시로 꾸며진 정원 (대한창작문예대학 졸업 작품집)

2024 명인명시 특선시인선

비 오는 날 / 신향숙

먼 옛날의 추억을 따라
내리는 빗줄기는
아련한 기억을 쫓아
마음을 달린다

어느 섬에서
나와 같은 생각을
조금이라도 해줄
사랑 하나
서러운 마음으로
그리어 본다

왜 이리 오늘 비는
가슴 위에 내리나
덧없이 세월
다 흘려 보내고
옥수수 한알 한알 사라지는데

빗줄기 따라 돌아올
발그림자 그리어 본다.

스마트폰으로 QR코드를
스캔하면 시낭송을 감상
할 수 있습니다.

봄의 연가 / 신향숙

내가 사랑한 황혼의 노을
느린 걸음 어설퍼 보여도
목련꽃 동산으로 초대한
당신 사랑합니다

사랑의 끈에 바람의 벗을 묶어
구룡산 마루 소나무 옆에서
온종일 미소 짓는
고운 당신 사랑합니다

시들어 가는 꽃
벚꽃이 곱게 핀 철쭉공원 소풍 길에
기꺼이 나서준
청룡 같은 당신 사랑합니다

흰 눈 소복이 쌓이는 날
발자국 희미해진다 해도
우리의 소풍이 끝나는 날까지
소중한 당신을 사랑합니다.

홀로 핀 꽃 / 신향숙

달안개 쏟아지는 밤의 모습
홀로 피어 달보드레
아름다운 꽃 그 이름은 그리운
나의 어머니

허리가 휘어지도록
머리숱에 길이 나도록
광주리이고 다니신
가여운 여인

낮에는 돈을 버느라
검정 고무신 불타고
밤을 낮 삼아
밭이랑 부여잡은 서럽던 손

일찍 홀로된 할미꽃 다솜
은가비 고운 빛나는 별빛
실타래 삼아
고운 나들잇벌 지어 드렸으면
얼마나 좋았을까.

보리밭 / 신향숙

보리밭 이랑 보일 듯 말 듯
하모니카 소리만 애잔하게
왕 소나무 아래 밭 사이로 흐른다

고운 황금빛 뽐내며 추수를 기다리는
여문 세월 앞에 나의 청춘은 거기 머물러
애원하며 기다리던 너를 반긴다

홍하의 골짜기를 불어주던
아련함이 고향의 향기 되어
아름다운 추억으로 되살아난다

세월은 흘러 옛날을 노래하지만
짙붉게 물든 노을이 아름다운
내 고향 송악은 언제나 그리움이다.

열정의 삶 / 신향숙

흙인지 보석인지 알 길이 없었다
황사가 앞을 가려 볼 수도 없었다
빈 수레지만 포기할 수 없던 길이었다

살얼음판 같은 세상 조마조마하면서
아침엔 정오를 정오엔 석양을 조몰락거려도
활짝 피어날 미래가 있어
가슴은 항상 뛰고 있었다

삶이 야속해도 모두 사라져도
열정으로 불태운 삶
화려하게 만개한 미래를 안아 보고 싶다

지친 심장 앞에 태양은 여러 번 바뀌었어도
노을이 아름다운 황혼빛 속에서
레몬처럼 상큼했던
청춘의 날들을 되돌아본다.

박·영·애·시·낭·송
모·음·집

시인 **염경희**

시인, 작가
경기 파주 출생, 이천 거주
대한문학세계 시, 수필, 동시 부문 등단
(사)창작문학예술인협의회 회원
현)대한문인협회 홍보국장
현)대한문인협회 경기지회 홍보국장
(사)한국문인협회 정회원
서울문화예술대학교 실버문화경영학과 전공
사회복지학과 복수 전공
대한창작문예대학 졸업
문예창작지도자 자격 취득

<수상>
공무원 유공 표창장, 정부모범공무원 표창장
한국교육개발원 전국경연대회 수필장려상(2회)
대한문인협회 올해의 시인상, 한국문학 발전상
순우리말 시 짓기 전국공모전 금상, 장려상
짧은 시 짓기 전국 공모전 은상, 동상
신춘문학상 전국 공모전 장려상, 은상
대한창작문예대학 졸업작품 경연대회 은상
한국문학 베스트셀러 작가상

<저서>
시집 <별을 따다>
수필집 <청춘아! 쉬어가렴>

수필집
<청춘아! 쉬어가렴>

돌아갈 수 없는 길 / 염경희

첫눈이 오면 첫사랑이 생각난다더니
그리웠던 임의 소식 있으려나
창밖에선 하얀 꽃송이가 나풀거립니다

이렇게 콩닥콩닥하는 것을 보면
아직도 마음만은 낭랑 18세
꽃순이로 착각 중인가 봅니다

거울 속에 마주 앉은 낯선 여인은
어설프게 주름골이 생겨난 얼굴을 쓰다듬으며
부질없는 회한만 앞세웁니다

옷을 벗어내기 무섭게
쫓겨가는 늦가을의 낙엽처럼
고운 시절 세월에 묻어 두고
청춘을 망각하고 살아온 것이 못내 아쉽기만 합니다

서산마루에 쉬어가는 햇살 바라보며
애띤 모습의 시절이 그립다고 칭얼댄들
다시 돌아갈 수 없는 길이니 안타까울 뿐입니다.

곳간 열쇠 / 염경희

서산 마루터기에 서서
지나온 세월 회상해 본다

층층시하 고된 시집살이 눈물로 삼키었고
계급장이 있는 공동체의 삶은
시기와 질투 음모와 음해에 대한
불안감을 삭이며 견뎌왔다

수십 년간 식솔들을
어르고 달래며 거머쥔 곳간 열쇠
이제는 허리춤에서 떼 내야 한다

곳간 열쇠 물려주고 나면
청춘을 빼앗긴 듯 공허할 터인데
무엇으로 채워가야 할지 막연하다

오감의 달인으로 살아온 것처럼
내 여생(餘生)의 도화지에 황혼을 스케치하며
새 곳간 열쇠 허리춤에 달아 보려 한다.

밀주 密酒 / 염경희

노란 좁쌀밥 누룩에 버무려
술 단지에 담아 놓고 보니
끼니때면 반주를 즐기시던
아버지 생각이 납니다

이순이 안 된 연세에
하얀 베적삼 한 벌 입고
영영 돌아오지 못할 길 떠나
별이 된 지 어언 사십 년입니다

먹고살기 바쁘다는 핑계로
두루두루 살피지 못한 송구함에
눈시울이 젖습니다

지금쯤 아버지가 계신 뒷동산은
영산홍 꽃동산 이루어
아버지 마음처럼 따뜻하겠지요

맛깔스럽게 밀주가 익는 날
밀주 한 사발 올리면
너털웃음 지을 아버지 생각에
눈물이 앞을 가립니다.

바람길 / 염경희

얼음꽃에 내려앉은 봄 햇살이
바람길을 열어주면
번민하던 청춘이 희망을 부른다

콘크리트 틈에서 피어난 꽃처럼
언 땅을 비집고 고개를 든
파릇파릇한 새싹처럼 생기가 가득하다

깔딱고개를 수없이 오르내리며
천신만고 끝에
꿈나무를 키워 낼 주역이 된 청년이다

바람길에 앉아 봄 햇살 한 모금 마시며
배시시 웃는 얼굴엔
거대한 광명이 드리워졌다.

스마트폰으로 QR코드를
스캔하면 시낭송을 감상
할 수 있습니다.

94

오늘 밤은 내가 주인공 / 염경희

어둠이 드리워진 제노바의 항구
출항을 알리는 기적소리에
잠에서 깬 수평선이 기지개를 켜고
토스카나 호가 힘차게 달린다

망망대해에 애환을 풀어내는 시간
황홀경에 빠진 소녀가 남사스러웠을까
한가위 보름달은 선상에 내려앉고
뭇별들은 폭죽인 양 반짝거린다

낮인지 밤인지 분간이 안 되는 화려한 선상
풍습이 다르고 색깔이 다른 사람들
언어도 가지각색이지만
손짓 발짓으로 주고받는 소통의 장

잡힐 듯 잡히지 않는 달빛 아래
먹고 마시며 춤추고 노래하는 시간
화려한 드레스 휘날리는 이 순간만큼은
소녀가 타이타닉의 선장이다.

박·영·애·시·낭·송
모·음·집

시인 윤만주

목차

1. 황혼의 저녁 무대

2. 열세 살의 가부장

3. 당신의 존재

4. 당벼락의 술래

5. 그때는 미처 몰랐습니다

대한문학세계 시 부문 등단
(사)창작문학예술인협의회 회원
대한문인협회 서울지회 정회원

<공저>
대한문인협회 서울지회 동인문집 <들꽃처럼 제4집>

대한문인협회 서울지회 동인문집
<들꽃처럼 제4집>

황혼의 저녁 무대 / 윤만주

아리아의
편곡으로 슬픈
황혼의 저녁 무대

기어이
보내야만 했던
임 가신 그 길목에
다 토하지 못한 설움
당신이 머물다간 무형의 자리마다
꽃들도 분단장을 지우고
향기를 거두고 있습니다.

혈루에 젖어 내린
강산의 이슬은
바람도 넘지 못한
금단의 유리 벽에 둥근 해를 그리고

냉소적 무위
형이상적 그리움은
복수(複數)의 잔을 채우며
주홍빛 꽃나래에 달빛 유령
눈을 떠도 보이지 않는 세상으로
비구름에 젖지 않는 바람의 초대장을 띄웁니다.

열세 살의 가부장 / 윤만주

작은 별 큰 별
무리 지어 흐르는 은하수에
외로운 밤 고독의 빈 잔을 채워가며
철저하게 버림받은 빈곤의 유기
가난은 청렴의 덕목일 수 없습니다.

깨어진 항아리에
채울 수 없는 우물물은
갈증의 거미줄에 생존의 유리구슬
넝마의 부목으로 철이 들고 바람 끝에 솜틀 바지
열세 살의 사부곡은 태양의 자갈밭에 모래성을 쌓습니다.

풍상의 세월
고단한 체온으로 부러진 지겟가지
어머니의 강으로 흐르는 아버지의 빈 배 위에
무심한 달빛 실어 도둑맞은 세월의 그림자로 분노하며
더부룩한 아버지의 그리움을 묵상으로 내려놓고

해 저무는 수수밭 바람이 밟고 가는 버드나무 둥지 아래
가난이 할퀴고 간 통곡의 부재 아버지의 식은 체온을 뎁히는
열세 살의 가부장을 거룩한 성자라고 부릅니다.

당신의 존재 / 윤만주

개골개골 청개구리
눈물 없는 아우성 도랑물에 손바닥을 비비면
바람의 체온으로 눈을 뜨는 풀잎 위의 아침 이슬
도약의 파란 망토 비운의 발바닥을 닦습니다.

바람이 애무하는 솔밭길
수꿩의 세레나데 낮달 위에 창백한 시를 쓰고
산 다람쥐 무용담에 배꼽 빠져도
당신 없는 하늘 아래 즐거움은 없습니다.

통 큰 개구락지
우물가의 방귀 소리 물풍선을 만들어도
당신 없는 빈자리에 열정 없는 희로애락
죽음의 사다리에 찬 서리만 내리고
고운 임의 목소리 사랑의 쟁기질로 방울 달면
예쁜 임 발자국 밭고랑의 주름살은 녹두꽃을 피웁니다.

당신의 존재는 악마의 언덕으로 비 온 뒤의 무지개시며
줄벼락에 목이 잘린 고사목에 생명을 잉태하는 희망의 그루터기
애정의 언저리로 존재의 이유를 망라하며
그리움에 타다 남은 달빛 고무신의 방랑자
하늘 가득 투명한 고백으로 임 사랑을 전합니다.

담벼락의 술래 / 윤만주

낡은 수첩 안에
깨알 같은 문신으로
손가락에 발이 달린 지구촌의 세상만사

거미줄에
목이 잘린
세상의 징검다리
주인 없는 너와집에
향수의 개똥벌레
어둔 밤의 모닥불로
향촌의 가로등을 밝힙니다.

유성이
뚝뚝 떨어지는
별밤의 마루 의식
하늘의 무게만큼 그리움이 충만한 날에는
차라리 조수로 넘나드는 파도의 밀월이 되고

구름 속에
가려진 태양의 얼굴로
당신의 기억을 훔치는 담벼락의 술래가 되겠습니다.

그때는 미처 몰랐습니다 / 윤만주

스잔한
그리움에 깊어지는
창가의 달빛 스크린
부엉새 울어대는 초가의 담장으로
별이 쏟아지는 어둔 밤 작은 별의 놀이터

바람의 무희로
가늘게 떨리는
문풍지의 흐느낌이
아버지를 그리는 애틋한
어머니의 사랑임을 그때는 미처 몰랐습니다.

채우지 못한
작은달의 팔삭둥이
개보름의 젖동냥 시린 발의 천 리 길은
등잔불이 졸고 있는 이불 속의 어리광을
자장가로 덮어주고 똥 기저귀 갈아 뉘던
어머니의 참사랑을 그때는 미처 몰랐습니다.

별이 떨어지는 달안개에
반백의 얼굴로 마주한 선홍빛 시간의 각혈은
호시절 객기 앞에 석고대죄 어머니의 영정으로
참회의 눈물만 하염없이 쏟아붓습니다.

* 개보름: 남들은 모두 잘 먹고 지내는 날에도
　　　　변변히 먹지도 못하는 신세

시인 이정원

경기도 고양시 거주
대한문학세계 시, 수필 부문 등단
(사)창작문학예술인협의회 회원
대한문인협회 경기지회 정회원
경기도 물리치료사협회(KPTA) 정회원

\<수상>
2023 한국문학 발전상
2022 한국문학 예술인 금상
2021 한국문학 베스트셀러 작가상
2019 대한문학세계 신인문학상
대한문인협회 금주의 시, 좋은 시 선정
2020 유화로 보는 명인명시선 선정
2021~2024 4년 연속 명인명시 특선시인선 선정

\<저서>
시집 "삶의 항로"

\<공저>
대한문인협회 경기지회 동인시집 제2집
　　　　　　　　　"달빛 드는 창"
2020 유화로 보는 명인명시선
2021 현대시와 인물 사전
2021 시낭송 모음집 "명시 언어로 남다"
2022 시낭송 모음집 "명시 가슴에 스미다"
2023 시낭송 모음집 "시 한 모금의 행복"
2021~2024 명인명시 특선시인선

시집 \<삶의 항로>

복수초 / 이정원

봄을 기다리는
노란 복수초가
살포시 고개를 듭니다

눈서리가 쌓인 꽃잎
동면에서 깨어나
봄의 태동을 알립니다

봄이 오고 있습니다
우리네 인생 여정도

봄을 기다리는
황금 꽃잎 복수초처럼
언제나
행복이 가득하길 기도합니다

정녕 봄, 봄이여
굳은 약속처럼 은은한 향기로
날 만나러 오려무나.

이팝나무 / 이정원

어느덧 여름의 문턱
초여름 날씨가 찾아왔다

입하 절기가 가까워지니
이팝나무에 하얀 쌀 모양
꽃이 한가득하다

오늘따라 아침 끼니를 놓쳐
배에서 연신 꼬르륵 소리가 난다

가로수를 바라보니
흰쌀이 나뭇가지에 매달려 있어
나도 모르게 군침이 돈다

오늘 한 끼 식사는
시향이 은은하게 퍼지는
이팝나무꽃 향기로
배를 채운다

올가을 추수 시기
이팝나무꽃 밥처럼
풍성한 곡식을 기대해 본다.

백장미 / 이정원

가을비에
꽃잎을 적시고
백장미가 가을을 맞이합니다

가을비를 머금은 백장미는
이 순간
스쳐 지나가는 찰나에도
고운 자태로 피었습니다

오늘따라 비가 오는 날엔
그대와 손잡고
하루를 보내고 싶습니다

사랑 평화 순결
단어를 되새기며
아름다운 시간 보내고 싶습니다

순결의 백장미여
이별의 아픔 잊고
향기로운 자태로
내 곁에 머물길 기도합니다.

눈 내리는 저녁 / 이정원

눈이 소복소복 내리는 저녁
가로등 불빛 사이
싸라기눈이 내립니다

눈에 보이지 않을
하얀 싸라기눈이 나를 반깁니다

날 위해 누군가 기다리고 있는 듯

퇴근길 무렵
어느새 발걸음이 빨라지고
가로등 불빛 넘어
그대 목소리가 들리는 듯합니다

눈 내리는 저녁
오늘은 그대가 있기에
참으로 아름다운 저녁입니다.

전통찻집에서 / 이정원

정성이 깃든 전통찻집에서
걸쭉한 십전대보탕을 마시며
오랜만에 즐겁게 지냈다

황기 당귀 작약 같은 귀한 재료가 담긴
십전대보탕에 하루의 피로가 가신다

호두와 은행 밤 각종 견과류
대접 같은 큰 그릇을 한 사발 마시니
소화도 잘 되는 것 같고
내 몸의 혈액이 순조롭게 흐른다

전통찻집에서
그 누구도 부럽지 않은 호사를 누리고
따스한 차 한 잔이
하루의 고단함을 녹인다

언제나
오늘 같은 날이
그대에게도 함께 하길...

박·영·애·시·낭·송
모·음·집

시인 이현자

이천시 거주
대한문학세계 시 부문 등단
(사)창작문학예술인협의회 회원
대한문인협회 경기지회 정회원
대한창작문예대학 졸업
문예창작지도자 자격 취득

<수상>
대한창작문예대학 졸업 작품 경연대회 은상
2023 한국문학 올해의 시인상
2024 명인명시 특선시인선 선정

<공저>
대한창작문예대학 졸업 작품집
                <시가 열리는 나무>

제12기 대한창작문예대학 졸업 작품집
<시가 열리는 나무>

쉰아홉 살을 앓다 / 이현자

아득한 꿈길 같던
지나온 잊은 세월과 마주해 본다

이유 없는 눈물이 베갯잇을 적시고
침대 위에는 하나둘
의료기 벗들 되어 늘어가고
애절함으로도 메울 수 없는
허허로운 바람만이 안겨 든다

쉼 없이 달려온 인생의 뒤안길에서
쉰아홉 살의 앓음은
호소하는 듯 부르짖는 번뇌의 물굽이

흐르는 뭉게구름
꽃잎들의 흩날림에 가슴 적시며
내 깊은 안에서 눈물도 번뇌도 거두며
곱게 피어나고 싶다.

해바라기꽃 / 이현자

따스한 햇살이 곡선으로 흐르는 날
오직 태양을 향해 하루를 여는
송곳 같은 매력으로 눈물 도는 기다림

얼마나 뜨거운 바라기였기에
지나는 바람도 못 견뎌 손짓하고
씨앗 하나하나에 박힌
까맣게 타버린 고운 그리움일 수밖에

가지가지 엮어진 인연의 거미줄에 매여
허공에 걸려 뜨거움에 흐느끼는
서러운 애정
고상하고 화려한 해바라기꽃에
나비의 맑은 기품으로 살짝 앉으리.

나의 고운님 / 이현자

비가 오는 날엔
빗줄기 뽀얗게 피어나는
물안개 타고 비꽃 되어
돌아가고픈 여정

내 마음 가랑비 스며 젖는 날이면
조각조각 부서지고 허물어져
통증 같은 작은 불씨 하나 지핀다

가슴속 여울엔
시리도록 하얀 안개꽃 되어
평생을 가슴에 켜켜이 묻고 갈 당신

그립고 보고 싶은 갈망함에 사무쳐
숨어 운다

흔들리는 나뭇가지에도
둥지를 틀어 맞이하고픈
내 고운 님.

장다리꽃 필 때면 / 이현자

먹먹해지는 가슴 부여잡고
당신을 놓지 못하는 나는
보고 싶어 감당할 길 없어
마음 힘겨울 때 별을 세며 사유하리

사랑의 목마름에
당신으로 인해 늘 비어 있는 빈 가슴은
장다리꽃 필 때면
바람을 타고 오는 그 꽃향기를
맡으며 당신을 그리는 노래 부르리

인연의 오랏줄에 아로새겨진
잊은 듯한 그 기억 저편에 애달픈 정
더욱 또렷해져
시리고 또 시려서
꺼이꺼이 우는 나는
눈물의 비에 젖으리.

공허한 마음 / 이현자

하늬바람 서녘에서 불어오는 날
출렁거리는 가슴 사이로
실타래처럼 엉클어지고 헐거워진 마음

거미줄에 걸린 곤충이 허우적거리듯
가슴을 스치는 이 공허로운 얼룩들은
어디서 왔는지 묻고 싶다

가지런하고 단정한 마음으로
돌아오기까지의 용트림
허공에 매달려 대답 없는 너를
하늬바람에 토해 내고 싶다.

박·영·애·시·낭·송
모·음·집

시인 전경자

대한문학세계 시, 수필 부문 등단
(사)창작문학예술인협의회 회원
대한문인협회 경기지회 정회원
대한창작문예대 졸업 2023
문예창작지도자 자격 취득

<수상>
2021 한국문학 올해의 작품상
2022 한국문학 예술인 금상
2023 짧은 시 짓기 공모전 금상
2023 대한문인협회 경기지회 향토문학상 동상
2023 한국문학 올해의 우수 작품상
대한창작문예대학 졸업 작품 경연대회 동상

<저서>
제1시집 <꿈꾸는 DNA>
제2시집 <황혼에 키우는 꿈>

제2시집 <황혼에 키우는 꿈>

황혼에 키우는 꿈 / 전경자

마음의 깊이는 얼마나 깊을까
생각의 깊이는 또 얼마나 멀까
사랑이 향해 가는 그 마음은
어디쯤이 끝일까

채워지지 않는 허전함에
간절한 꿈과 희망을 더 하고
때로는 사랑을 보태고

하나씩 커지는 꿈을 향해
몸부림치는 나는
언제쯤이면 만족할 수 있는 내가 될까

하면 할수록 갈급한 생이여
오늘보다 내일을 위해 말라가는 나무에 물을 뿌리듯
꽃 피기를 염원하며 지친 나에게 단비를 뿌린다

너와 나 / 전경자

시간밖에 삶이 나를 버리라 하면 할수록
갈급함이 더 하다
살아 숨 쉬는 붓꽃의 인생 마디마다 똬리를 틀고
서툰 길 삶의 무게를 잘 버텨 주었다

허기진 그림자 정신 줄 가다듬고
헤쳐나온 심장이 타는 줄도 모르고
이해하고 배려를 했더라면 아파하지 않았을 텐데

백발을 휘날리며 다가오는 숫자의 지옥
칠십 이렇게 아름다운 건
우리가 흘려보낸 21세기 보듬어 안은 사랑이다

갈잎 사이로 바스락거리는
인생의 밧줄은 홀로 잡고
어금니 꽉 굽은 등짝을 쓰다듬어 주는
붉은 노을이 수를 놓는다

치유의 손짓 / 전경자

노란 저고리 분홍 치맛자락 휘날리며
손짓하는 치유의 손짓
이렇게 멋진 날에
너를 만나 하던 일을 잠시 잠깐 내려놓고
목젖이 보이도록 웃어보았다

틈새를 비집고 들어온
솔바람 타고 달려온 봄꽃들의 여정
친구들과의 우정도 웃음도 사랑도 넘치는 오늘
일곱 빛깔 무지개 되어
그 느낌 그대로 꽃으로 활짝 피었다

세상을 호령하던 종이호랑이 갈 곳을 잃어버린 시간
어느 눈물은 지울 게 너무 많아서 아픈 손가락
어느 눈물은 숨이 막힐 듯한
두려움과 고통이 너무 많아서 아픈 손가락

나의 기억에서 떠나버린 소중한 시간
못다 한 사랑은 곱진 메시지 날마다 증명해야만 하는
삶을 뒤로하고 밝아오는 아침을 맞이한다

주고 싶은 사랑 / 전경자

모나리자 미소로 다가온 봄볕에
오롯이 품은 우윳빛 연가
아름다운 인연으로 함박웃음 속에 맺은 사랑

보드레한 얼굴 변함없는 고운 마음 정원에
사랑을 키우는 을규와 아름이의 향기가
사계절 사랑으로 부추긴다

더위를 삭여주는 풀벌레 울음소리에
여름이 익어가는 날
명품을 두르고 폼을 내던 청명한 가을
찻잔에 담긴 사랑의 열매

가치와 가치를 주는 21세기의 주인으로
세월을 비껴가면서 열정이 넘치는 시간
아름다운 시처럼 인생을 그려보자

깊은 샘솟는 사랑 / 전경자

두근두근 짝사랑
손가락 걸지도 못하고
숨겨왔던 사랑
감추고 있었던 짝사랑은 이렇게 아픈지

한숨 속에 멍드는 사랑은
마음이 시키는 대로
깊은 곳에서 샘솟는다

생각할 여유도 없이
멀어져 간 운명이 너덜너덜해
시간은 그렇게 흐르고

버리지 못한 통곡이
너는 별에서 나는 달에서
블랙홀로 빛을 타고 흐른다

박·연·애·시·낭·송
모·음·집

시인 전남혁

전북 변산 거주
대한문학세계 시 부문 등단
(사)창작문학예술인협의회 회원
대한문인협회 전주전북지회 지회장
2020년 1월 변산 지역 귀촌
서울디지털대학 문예창작과 재학

대한문인협회 금주의 시, 이달의 시인 선정
2021 한국문학 올해의 작품상

<저서>
제1시집 <바람과 구름과 시냇물의 노래>
제2시집 <패, 패를 보이다>

제2시집 <패, 牌를 보이다>

꺾인 날개의 수선 / 전남혁

가는 곳 닿는 것마다 원하던
내 것이 없어

신이 챙겨 준 무관심에
숱한 날 헤매다
그가 통곡하라 이른 적 없는데
늦은 자문에 불어 터진 눈물샘
아직 쏟아내고 있단 말인가

해진 구두 수선해 신고
그대와 걸을 수 있다면 윤이 나고
꿈만 꾸다 무너져 뒤덮은 어둠 속
마음의 실낱 통로는 빛과 소리를 들어야 해

세 끼에 연연하다
더께 같은 아둔함을 벗겨 놓으니
등 날개 찢어져 있다

믿겠다 이르고 천사의 날개 얻고 싶어
닳아 꺾인 날개
그 날개 잇대어 꿰매고
은하수 파종한 하늘을 날 수 있을까

껍데기 알맹이 없이 기화된 채로
파란 비행 시작해야 한다.

폭설 그친 뒤 / 전남혁

진종일
된바람에 빗금 치듯
퍼붓던 눈발

용쓰다 그을린 세상
헐떡인 숨, 죄다 널어놔

하늘 밑 먼 산
희뿌연 그림자로 웅그리고
앞산 솔 빛깔
띄엄띄엄 말을 더듬어

눈 쌓여 흙 돌담 높아진
인기척 갇힌 저 집

먹을 때 다가서면
으르렁대던 검둥개
사라진 밥그릇 앞에 납작대며
짓지 못한 눈빛

우연 / 전남혁

내가 근무하는 곳, 가끔 대면하던
덩치 큰 지장인 청년 있다
틈새까지 금단 있는 내게
어눌한 말투로 훅훅 턴
선심으로 담배를 권한 적 있다

아들이 흰 상의를 부쳐왔는데
그중 하나 큰 품 있었다
그를 떠올리며 건네주려 벼르다가
출근 주차하는데, 올 리 없는
차 앞을 지나가는 것이 아닌가

투명한 끈 같은 게 그러당겨 쥔
환한 반가움

끝이 안 보여 / 전남혁

왕 이름 붙은 곳에
운 좋게 분양받은 빚투성이 아파트
구경 두 번 못 하고 빚 갚아가며
십 년을 세놓다가 정리했어

빚 빼고 이자 떼였어도 억 소리 났지
외진 곳 밭을 사고 이곳저곳 알아봤어
여투다 못 한 습관과 벌이엔 뇌치라
그 돈으로 집짓기 글렀지

평생 갖지 못한 내 집
끝내 십여 평 세 들어 살 건가
물가마저 큰 부자 되었구나
수가 있나 오두막 짓고 살든가
한 이십 년 견딜 천막 치든가
아니 자주 못 간 여행 가서 머니건 쏘아대며
바로크 시대 궁전이나 눈으로 실컷 짓든가.

합의금과 서리태콩 / 전남혁

내 차 오른쪽 문짝과 범퍼가 부서지고
아내도 다치고 피해가 컸지
보험 회사는 책임 보험만 가입한 가해자에게
구상권 청구를 위해 허용한 범위에서
재산을 들추자 월세로 산단다
없어, 아무것도 없어
유일한 1인 생계지원금뿐이라고 알려줘
보상 따윈 포기하였어

7개월 만에 가해자에게 연락이 왔어
내일 공판 날이라 합의 보려 만나자 했어
커피 마시며 가해자로부터
오십만 원과 서리태콩 반말을 받고
두 번 음주 사고가 있던 가해 영감이라 화가 났지만
합의서를 써 줬어

들고나온 봉투와 콩 자루가 왠지 후줄근해
내가 쭈글쭈글한 것 같았어
되돌아가는 들판 길
잿빛 구름 비켜 간 석양빛에
초록 이파리 아래가 유난히 붉어져 오네.

박·명·애·시·낭·송
모·음·집

시인 정기성

전남 무안군 일로읍 거주
전) 중·고등학교 교사
현) 솔빛식물원 운영
대한문학세계 시 부문 등단
(사)창작문학예술인협의회 회원
대한문인협회 광주전남지회 정회원

2023 한국문학 올해의 시인상 수상
2024 신춘문학상 금상 수상
2024 명인명시 특선시인선 선정

<공저>
광주전남지회 동인문집 '세월을 잉태하여 3집'
2024 명인명시 특선시인선

2024 명인명시 특선시인선

사랑, 참 아프다 / 정기성

지나온 세월만큼 낡은 낯선 장벽을 무너뜨리고
촘촘히 얽매인 현실의 창살을 헤집고
기억의 저편 아련하게 흐느적거리던 그리움이
가슴에 집 지은 색 바랜 사진 한 장에 무너져 내린다.

수없이 불러내도 익숙하지 않은 얼굴이
서러운 추억의 색감을 입고 꽃잎이 되어
끝날 것 같지 않은 긴 어둠에 실려
한 잎 한 잎 내린다.

수 세월을 여전히 마주 선 채
좁혀지지 않는 간격을 허상으로 타고 넘는
사랑이 참 아프다.

애써 외면하며 살아도
억지스럽게 새 물감으로 덧칠을 해대도
때마다 딱지가 된 상처를 고름으로 쏟아내야 하는
사랑, 참 아프다.

영화농장의 전설 / 정기성

회산백련지 가는 길에서 영산강 방죽까지
두 눈을 비벼대도 끝닿을 데 없는
영화농장의 넓은 들녘

일제강점기에 일본인 대지주 히토마가
바다를 메워 이 땅을 호령하다가 해방이 되자
태생부터 맘씨 고운 품바 김시라 부친께
농장관리를 부탁하고 떠났단다.

고운 맘씨는 볍씨가 되어
가난뱅이 일로 사람들의 굶주린 배를 채워줬다는
영화농장의 전설

무지갯빛 마음으로 갈래갈래 땅을 나눈 인심이 씨가 되어
김시라를 낳고 김시라는 품바를 낳고
품바는 세상에 나눔과 포용의 씨를 뿌렸다.

그리고
나눔과 포용이
이 땅에 행복한 거지공화국을 세웠다.

소금산에서 / 정기성

당신과 나
손잡고 계단을 오르면서
이만큼이면 안전하리라 굳게 믿으며
세상에서 멀어진다.

이쯤이라 여기며
문득 내려다보는 지상에는
아직도 두려움이 어지럽게 밀려오고
휘청거리는 발목에 힘을 더해 더 높이
한걸음씩 세상을 털어낸다.

더는 오를 수 없는 정상에서도
이승의 무거운 멍에는 여전히 짓눌리고
출렁다리 건너 봉우리로 달음질치면
행여나 새로운 세상살이 마주할 수 있을까

천 길 낭떠러지를 잇는 밧줄에 매달려
단절을 꿈꾼다.

앞선 발자국 소리 희미해질 무렵
이 정도로는 어림없다고
허상을 덮는 어둠이
발걸음을 세상으로 돌려세운다.

129

너의 잠든 밤을 깨울 수만 있다면 / 정기성

사랑하는 사람아
오늘도 너는 잠든 눈을 뜰 줄 모른다.
형상을 지운 허름한 어둠 속에서
그저 멈춰 선 지가 오래다.

무거운 세월의 짐을 떠맡긴 채
너는 빈 지게의 가벼움으로
늘 그 자리에 머물러
텅 빈 공간의 한구석을 메울 뿐이다.

하루는
나누지 않으면 흔적을 지우는
시시콜콜한 잔 이야기도 많고
사소한 눈빛으로 흐느적거리다가
창문을 흔드는 바람 소리에 실려
빈 발자국만 남기고 떠나는 설익은 그리움도 지천인데……

사랑하는 사람아
밤새워 몸부림치는 그리움의 섬광으로
너의 잠든 밤을 깨울 수만 있다면
설령
우리의 인연이 낡아 삭은 밧줄에 묶였을지라도
심봉사의 비명소리가 그립다.

일로장터 / 정기성

'작년에 왔던 각설이가 죽지도 않고 또 왔소.'

일로장터 좁다란 골목마다 각설이패가
상인들의 굶주린 갈증을 흥으로 채우며
깡통 소리를 요란하게 쏟아낸다.

낙지 한 코, 생선 몇 마리에
하루를 눌러 앉힌 주름진 노파도
푸성귀 몇 줌, 곡식 몇 됫박에
닷새의 목숨을 맡긴 중년네도
튀김, 뻥튀기, 곱창 냄새 진동하는
간이천막 속 벌겋게 달아오른 누님들도
각설이패와 어울려 덩실덩실 춤을 춘다.

한파주의보가 내린 텅 빈 일로장터에서
상인들은 각설이패의 굶주림을 채우느라
각설이패는 상인들의 멍든 가슴을 닦아내느라
모두 거지가 되어 서로를 비워내느라 정신이 없다.

거지떼로 가득 찬 일로장터에
첫눈이 내렸다.

박·영·애·시·낭·송
모·음·집

시인 정병윤

서울 거주
대한문학세계 시 부문 등단
대한문학세계 수필 부문 등단
대한문인협회 정회원
(사)창작문학예술인협의회 회원
대한창작문예대학 졸업
문예창작지도자 자격 취득

<수상>
2024 신춘문학상 공모전 대상
2023 한국문학 올해의 시인상
2023 순우리말 시 짓기 공모전 동상
2023 대한창작문예대학 졸업 작품 경연대회 은상
2023 신춘문학상 공모전 동상
2021 한국문학 올해의 시인상

<공저>
2022 명인명시 특선시인선
2024 명인명시 특선시인선
박영애 시낭송 모음 12집 <시 한 모금의 행복>
대한창작문예대학 졸업 작품집
          <시로 꾸며진 정원>

2024 명인명시 특선시인선

132

짧고도 긴 여운 / 정병윤

통통 튀는 사랑이
바람처럼 다가와 강물처럼 흘러갔다

푸른 하늘 낮달에서
별빛이 부서지는 시간까지
마침표를 찍지 못하던 이별

하루에 새긴 추억들이
속절없이 찾아와 마음만 울적하다

초여름 저녁을 두드리는 거친 숨
사랑해서 외로운 서리꽃 같아
더 애틋하다

훤하게 비추는 달빛이 너인 양
낯선 음악에 흐르는
은빛 속삭임을 듣는다.

손에 쥔 뜨거운 눈물 / 정병윤

작은 손에 오래된 눈물을
꽉 잡아주던 6월
더운 바람이 뿌리내린다

홀로 우시던 넋두리가
밀어내고 싶던 기억으로 찾아와
아무것도 할 수 없다

고뇌로 지새운 밤
마음의 마디마다 버려진 모정이
건기의 초원처럼 목마르다

설익은 밥알이 입안에 돌듯
어디에서 어긋난 걸까

리허설 없는 삶의 생명선에
푸른 날개라도 달고 싶은 건지
고운 어머니 눈물에 향기 일어
내 숨결로 번진다

무명 시인 / 정병윤

얼어붙은 눈 조각 위로
온기 흐르는 눈송이 되고 싶던 날엔

발상의 출발과 끝의 경계에서
징검다리 콧노래 감성이
뇌리를 후빈다

시어들이 밤하늘 별빛 노래하면
바다의 변주는
열병 앓는 봄꽃을 깨운다

알 수 없는 신기루에
가슴 태운 숨결까지 빠져들어
문장을 채색한다

여우비 오는 날엔
고독의 호수에 빠진 눈동자처럼
나뭇가지 언저리에 매달린
무지개의 묵은 감정을 읽는다

이것은 리허설이 아니다 / 정병윤

말없이 오르던 침묵의 계단 중간
오른쪽 옆에 자리 잡고
조금 전 한 일을 되새긴다

왼쪽으로 계단을 뛰어오르는
습관이거나 바쁜 사내를 피하려다
순식간에 꼬인 다리

덫에 걸린 찰나의 시간이
맑은 두 눈빛 삼키고
이율배반의 몸부림 아래로 굴려

수박 삼각형 따기로
반생을 함께한 살점을
한순간 잃은 기억이 희미하다

모르는 청년의 등에 업혀
달리는 꿈을 꾸며
도착한 병원은 파업 중

멸균거즈 위 누른 진물이
차갑고 뜨겁게 울어 위로를 건네는 밤
통증이 살갗을 파고든다

136

천 개의 속살 / 정병윤

어제 내린 소나기에
꽃물결의 여름이 자란다

나를 물들이던 좌절이
꽃무덤으로 다가와
시름시름 밀고 갈 때

혼자 앓든 흔들림이
싱그러운 정원의 꽃으로
동공에 핀다

눈부신 날갯짓으로
너밖에 모르는 순정이
별빛처럼 일고

휑한 발걸음마다
살랑 부는 꽃향기가
천 개의 속마음 다독인다

박·영·애·시·낭·송
모·음·집

시인 정상화

대한문학세계 시 부문 등단
대한문인협회 울산지회장 역임
(사)창작문학예술인협의회 이사

<수상>
2016년 한국문학 베스트셀러 작가상
2017,2018,2019,2020,2021 명인명시 특선시인선 선정
2017 한국문학 우수 작품상
2018 한국문학 올해의 최우수 작품상
2019 한국문학 예술인 금상
이달의 시인, 금주의 시, 좋은 시, 낭송시 선정
2021년 한국문학 올해의 작품상
2022년 한국문학 예술인 대상
2023년 한국문학 공로상

<저서>
제1시집 <스스로 피어짐이 아름다운 것을>
제2시집 <산다는 것은 한 편의 詩>
제3시집 <그러하더라도 사랑해야지>
제4시집 <아름다운 인연을 만나는 것은>
제5시집 <곱게 물들었으면>
제6시집 <바람처럼 살고 싶다>

제6시집
<바람처럼 살고 싶다>

봄밤에 / 정상화

깊은 밤
소쩍새 울음 가슴 찔러 옵니다

표현할 수 없는 흐르는 감정들은
까맣게 말라 서걱거립니다

당신 향한 그리움은 무논에 별이 되고
꾸꿍꾸웅 비단개구리 가슴을
조입니다

시워지지 않는 아린 가슴으로
꽃 피우고 있는 봄밤

떨어지는 벚꽃의 치맛자락 소리에
피가 솟구치는 밤

허공에다 당신을 그리고 지우고
또 그리고 지웁니다

지워버린 삶 / 정상화

곱디고운 가슴에
거미줄처럼 얽힌 지난 삶을
독기로 쏟아내시는 어무이

자식조차 지워버리고
기억 저편에 꺼내고 있는
도막 난 이야기가 아프다

한때는 지혜롭고 인자한 여인
이젠 빈 껍질로 지워버린 삶
다시 또 봄이 올까

꽃 피고 잎 나고 떨어지고 묻히고
그렇게 흘러가는 우리네 삶
나는 어디쯤일까

한순간 멋지게
한순간이라도 행복하게
단 한순간만이라도 사랑해야지
순간이 모두일 수 있으니까

꽃들의 사랑법 / 정상화

벚꽃 봉오리
살랑 불어도 웃음 터질 듯
모두 자기 방식대로 피려 하네

계절의 흐름에 순응하며
자신만의 향기와 매력으로
속박되지 아니하고 피어나네

남의 향기와 매력 부러움 없이
따라오라 강요도 없이
도도하게 피어나네

사랑은
자연스레 솟아나
다름을 인정하고 존중하며
나란히 걷는 것이 아닐까

7월의 개망초 / 정상화

온 들판이 허옇다
말없이 피었다 지는 꽃
귀화 된 땅에서 주인이 되기까지
얼마나 울었을까

작은 공터 비집고 묵정밭 점령하며
더위에 비벼진 삶이 행복해 보인다

흔하니까
당연히 피어 있겠지
익숙함으로 치부했던 개망초
익숙함에 익어 네 소중함을
보지 못했다

바람에 파도 그리며
일어나고 또 일어나는 모습
눈부시진 않아도 어미 적삼 같은
고고한 네 삶이 참으로 곱다

농부의 넋두리 / 정상화

삶의 순간이 따가운데
올망졸망 누워 되새김하는
송아지 눈망울에 푹 터지는 웃음

쇠고기 수입
한우 개체 수는 늘어나고
소비가 없으니 솟값은 폭락
사룟값은 산으로 기어오르니
농부 얼굴에 절망감 덕지덕지

생명을 키우는 삶
자연과 함께하는 삶
사랑 없이 지탱할 수 없는 일상
송아지 눈망울로 한숨을 지운다

봄비에 얼굴 내민 봄까치꽃이
희망을 노래하니
한순간 삶이라도 어찌 뭉개 버릴 수 있을까

시인 정승용

서울 청운동 출생
대한문학세계 시 부문 등단
(사)창작문학예술인협의회 회원
대한문인협회 경기지회 정회원

<수상>
2023 대한문인협회 한국문학 발전상
대한문인협회 경기지회 향토문학상 금상
2024 짧은 시 짓기 전국 공모전 은상
이달의 시인 선정
금주의 시 선정

<저서>
시집 <어른 이미지詩 늦게 배운 도둑질>

시집
<어른 이미지詩 늦게 배운 도둑질>

144

아름다움이 오다 / 정승용

몇 날 내내
거칠고도 모진 빗속에서도
꽃 하나가
기어이 봉오리를 열었다

나는
질기다고 말했고
너는
기특하다고 했다

세상이
아름다운 이유에 대해
잠시
생각이란 걸 해 보았다

나는
겨울을 갈무리 중이었고
너는
봄 맞을 준비 중이었다

그렇게
아름다움이 오고 있었다
그렇게
사랑이 내게 오고 있었다

145

항거(抗拒) / 정승용

신이 우리를 만든 실수를 했듯
나도 널 사랑하는 실수를 했다

영원은 허울뿐이므로
꽃이야 지든 말든
봄은 가고 말 것을
빈틈을 내주지 말아야 했다

신이 자유를 주는 실수를 했듯
나도 널 보내주는 실수를 했다

봄이야 가든 말든
아플 땐 아프더라도
함께 있어야 했다
신은 비겁하게 침묵할 테니까

여자의 일생 / 정승용

딸내미 시집보내고
울 할미 까만 비닐봉지 속에는
할배 모르는
주머니가 하나 생겼더랬다

외손주 알사탕 살 때 보니
울 할미 까만 비닐봉지 속에는
토실토실한
돼지 저금통이 살고 있었고

큰아들 고등어를 구울 때면
울 할미 까만 비닐봉지 속에는
고래도 살고 있는 듯
항시 바다가 넘실거렸다

어느 봄날 꽃상여 타고
울 할미 꽃구경 가실 때 보니
까만 비닐봉지 속에는
사랑이란 태산이 하나 서 있었다

염치 / 정승용

묵은 빚 받으러 온 듯
무례하고 오만하게
가슴을 후비고 있는
멍 자국 같은
빛바랜 그리움 하나가 있다

오래전에
사랑이란 걸 했었으니까

마치 제 집인 양
아무 때고 불쑥 찾아와
배 째란 듯
자리 잡고 누워 있는
가위눌린 외로움이 있다

함께해 온
느낌을 알아버렸으니까

오고 가야 길인 게지
오고 갈 일 없는
옛사랑 그 문턱까지
뻘쭘하게 서 있는
염치없는 기다림이 있다

내가 왜 아픈지
너무 잘 알고 있으니까

148

우시장 가는 길 / 정승용

콧구멍에 분냄새 날리는
삼거리 다방 마담처럼
우시장 가는 길은
한량들에게는 늘 위험했다

열에 아홉은 아는 얼굴이라
한 잔 한 잔 받다 보면
세상이 만만해 보이고
간이 배 밖으로 널뛰곤 했다

기어이 덤벼든 투전판에서
새벽 무렵
주인이 바뀐 송아지는
우시장에 갈 필요가 없게 되고

막걸리 값으로도 턱없는
개평 몇 푼 받으려니
발정 난 잡놈처럼
속 불 나도 할 수 있는 게 없었다

아들놈 월사금이라 하니
슬픈 눈으로 새끼를 내주던
누렁이 볼 낯도 없고
마누라 마주 볼 생각만 아찔하다

시인 **정연석**

강원도 횡성 출생
원주고등학교 졸업
청주대학교 행정학과
연세대학교 공학대학원 공학석사
한국교통대학교 경영학 박사과정 수료
정보통신부, 우정사업본부, 우정공무원교육원, 우체국 근무
총괄우체국장 (충주, 대전, 부평,
　　　　　　　　남인천, 평택, 서울강서)
㈜ 포스토피아 부사장 (현재)

대한문학세계 시, 수필 부문 등단
(사)창작문학예술인협의회 회원
대한문인협회 서울지회 정회원

<수상>
2024 신춘문학상 공모전 동상
2023 한국문학 올해의 시인상
2023 순우리말 시 짓기 공모전 동상
2022 한국문학 베스트셀러 작가상 외

<저서>
시집 <아침에 시를 만나는 행복>
수필집 <가던 길 잠시 멈추고>

시집 <아침에 시를 만나는 행복>

잊혀지지 않는 사랑 / 정연석

벚꽃이 곱게 피는 봄이 오면
당신과 함께했던 순간들이
영화의 한 장면처럼 선명해집니다

함께 있으면 행복하였고
헤어짐을 두려워했음은
아마도 사랑이었나 봅니다

이별의 아픔을 참으며
많은 시간이 흐른 지금도
알 수 없는 그리움이
마음을 아리게 합니다

흔적조차 지우려 애를 쓸수록
가슴을 아프게 하는 응어리는
당신과 함께했던 사랑의 불씨가
아직도 남아있기 때문입니다.

봄이 오는 길목에서 / 정연석

산골짝엔 바람이 잦아들고
얼음 밑 물소리 도란도란
어느새 봄이 왔나 보다

그 누구를 만나고 싶은 걸까
꽃샘추위도 이겨내고
나뭇잎이 피기도 전에
활짝 핀 진달래꽃 아름다워라

엷은 입술이 파래지도록
여린 꽃잎 따먹던 친구들은
지금은 어디에서 무엇을 할까

화전(花煎)을 안주 삼아
막걸리를 나누어 마시던
고향 친구들이 그리워진다.

* 화전(花煎) : 찹쌀가루를 반죽하여 진달래 꽃잎을 얹어서
　　　　　　　기름에 지진 떡(부치기)

오월의 찬가 / 정연석

오월이 오면
산과 들은 신록의 수채화
향긋한 풀 내음
청춘 같은 푸르름이 좋다

청보리밭 길을 걸으면
옛 추억이 생각나고
시냇물 재잘대는 냇가에서
근심을 씻어 마음을 비운다

붉은 장미는
청춘의 마음을 빼앗고
라일락 향기는
잠자던 사랑을 흔들어 깨운다

시원한 바람과 파란 하늘
꿈과 희망과 사랑이 춤추는
아름다운 오월 참 좋다.

숨 맑은 집(cafe) / 정연석

길을 걷다가
우연히 마주친 카페
숨 맑은 집
이름이 참 아름답다

손님이 별로 없어
한가로워 보이고
사랑의 밀담(密談)이
소곤소곤 들려온다

그윽한 커피 향과
클래식 음악에 취해
바쁜 걸음도 급한 마음도
멈춰진 시간

고즈넉한 Cafe에서
맑은 숨을 쉬면서
갈 길을 잃고
오래도록 앉아 있었다.

커피 한 잔의 행복 / 정연석

일찍 출근하여
따뜻한 커피잔을 들고
휴게실 창가에 앉는다

짙은 커피 향기
서둘러 한 모금 마시면
마음이 편안하고 차분해진다

커피잔이 하나둘 늘어나면
소곤소곤 정다운 대화가
휴게실의 고요한 정적을 깬다

커피는 혼자 마실 때보다
정담을 나누면서 마시면
향기에 온정이 더해져 좋다

아침 시간 바쁘지만
조금만 서두른다면
여유는 행복으로 다가온다.

스마트폰으로 QR코드를
스캔하면 시낭송을 감상
할 수 있습니다.

박·영·애·시·낭·송
모·음·집

시인 정찬경

대한문인협회 경기지회 정회원
2017년 대한문인협회 시, 수필 부문 등단
"詩 자연에 걸리다" 시화 전시회 3회 참가
명인명시 특선시인선 출판 3회 참가
부천 콩나물 신문 편집위원

박영애 시낭송 모음 12집
<시 한 모금의 행복>

소나기 / 정찬경

먹구름 만삭이 되어
굵은 빗줄기 떨어지면
푸석푸석한 들판
온통 초록빛으로 물들고
바람은 시원한 향기를 실어 나른다

접시 꽃잎은 더욱 밝게 빛나고
농부와 산짐승 발걸음 바빠지면
풀잎은 여유롭게 방긋 웃는다

울부짖으며 달려오는
천둥소리 커지면
회개의 기도 소리
건조한 가슴 흠뻑 적신다

해 질 무렵 / 정찬경

해 질 무렵 조용히 날아와
어깨에 내려앉은 검은 새

적당히 데워진 반달이
호수에 떠오르고

석양에 불시착한 구름
곤충 한 마리 벽 타고 내려와
방안을 기웃거린다

가로등 켜지면 夜陰이 헤엄치고
별들의 축제 보러 떠난다

서해 갯벌 / 정찬경

올록볼록 드넓은 갯벌
하늘 언어들이 쏟아져 내린다
동죽, 바지락 뽕뽕 물을 뿜어내고
작은 돌게들 경주하듯 달리기한다

천연 소금 한 줌 하얗게 꽃 필 때
저녁노을 수평선과 작별하고
갈매기 끼룩끼룩 화답한다

혼자 있을 때 고독을 즐기고
그대를 만나면 함께
파도 소리 들어 보자

두둥실 떠 있는 암자
조개들의 염불 소리에
간월암 스님 달 보고 득도한다

해안선 / 정찬경

끝없이 이어지는 경계선
바늘에 실 따라가듯 따라가면
얽힌 인연을 만난다

삶 속에 질곡들이 세월에 꿰어
바다 향기에
명태처럼 말려지고

한걸음에 달려오는
주름진 듯 물보라
자연의 심포니가 흘러나온다

에움길 / 정찬경

흙 내음 솔솔 풍겨오는
에움길
그냥 지나치려는 순간
푸른 잎사귀 하나
나의 시선 사로잡고
발목을 붙잡는다

무릎을 구부리게 하는
키 큰 망초와 질경이
온 땅을 점령이라도 한 듯
환하게 웃으며 하늘기린다

오월 햇살 아래 춤추는
잎들이 소담스럽다
들에도 산에도 연두색 물결
점점 진한 초록으로 물들어간다
내 마음도 초록으로 물이 든다

* 에움길 : 반듯하지 않고 굽어 있는 길
* 질경이 : 마차 바퀴에 눌려도 살아남고
   동물이 자주 나타나는 길가에 서식하며
   질경이를 따라 가면 마을이 있다.

시인 정형근

목차

2018년 현대시선 詩부분 등단
(사)창작문학예술인협의회 회원
대한문인협회 인천지회 정회원

<수상>
2020년 안정복 문학상 공모전 장려상
2022년 향토문학 경연대회 대상
2022, 2023년 짧은 글짓기 공모전 장려상
2022년 김해일보 문예 공모전 최우수상
2023년 한국문학 올해의 시인상
2024 명인명시 특선시인선 선정
2024년 신춘문학상 공모전 장려상
제1회 전국 산해정 문학상
치유 문학상 공모 최우수상

<저서>
그리움 하나 있었으면

<공저>
글 향기 바람 타고
2024 명인명시 특선시인선

2024 명인명시 특선시인선

냉이꽃 필 때면 / 정형근

나지막이 봄기운 휩쓸면
눈 녹듯 사라지는 위기의식
동장군은 극심한 불안으로 무참히 들판을 짓밟는다

동면을 도리질하는 볕이
살얼음판을 성큼성큼 넘어
응어리진 동굴로 불 밝히면
아지랑이 현기증 속 생명을 어루만진다

무쇠솥뚜껑 열고 나오는 봄의 외출
꽃봉오리 가족이 환호한다
보리 이삭 알알이 잠 깨우는 절굿대 소리
이 소리는 봄의 아우성

여울목 향해 날아오르는 피라미 떼의 비상
서릿발 밟으며 다가오는 너
금을 그어도 멈출 줄 모르는
황야의 무법자 팔뚝에 힘이 솟는다

너무 강하면 부러진다
겨울을 두 동강 낸 괴력의 봄
어머니 머리카락 닮은 냉이꽃 필 때면
들판에도 마당에도 하얀 꿈을 잉태한다.

163

기억의 저편 / 정형근

어깨에서 도시락통이 달그락거린다
운동장을 통해 집으로 가는 길
이름 모를 꽃들이 이야기를 전하는 하굣길
뽀얀 먼지 뚫고 걷는 발길이 가볍다

대문 앞에 엄마가 보이지 않는다
보고 싶은 눈빛이 꽃잎을 버리는 시간
혼자만의 마음의 떡잎이 된다

소소한 놀이가
거친 숨결을 달래며 견뎌야 하는 시련
늘어날수록 들숨은 여러 결로 쌓여
날숨마저 숨쉬기 힘든 날들이 있었다

외로운 곳에 가면 모두가
나를 설득하고 싶은 모양이다
철새의 아늑한 도래지가 있다고

노을빛에 손을 잡고 걸어가면
떠나간 엄마의 기억에서 물결이 인다
기억이 말을 걸어올 때
생이 아닌 다른 생각으로 걷게 된다
엄마와 살이 닿으면 모든 게 통했다

나는 혼자가 아니다
검게 함축된 것들이 녹아 세상 길이 얼룩으로 물들었다
텅 빈 도시락통이 달그락달그락
귓전에 맴돌며 기억 저편으로 이끈다.

백일홍 / 정형근

붉은 고깔 머리에 쓰고
소박한 정성 품어 안아
낮은 자세로 피는 꽃

여름밤 열기에 스멀스멀 화려해지는
두터운 자비의 삶
넘쳐나는 사랑이다

백일의 기다림으로 붉게 피어나
파랗게 샘솟는 희망으로
경전을 들고 구름을 깨운다

법당 앞에 의젓하게 서서
바람에 흔들려도
영원히 꺼지지 않는 촛불

모두가 바라는 영원한 세상
또 하나의 꽃송이 피우기 위하여
일주문 활짝 열고 기다린다.

다시 봄을 쓰다 / 정형근

볕이 살얼음 쓰다듬는다
포근한 손길
멀리 아지랑이 새근거린다

잠긴 문 열고 나오는 봄
여명의 꽃 무리 환하다
뽀득 뽀드득 서릿발 밟으며
다가오는 불도저

겨울이 이별하는 지점
남에는 꽃이 피고
북에는 꽃샘을 부른다
동네방네 소식 전해주는
꿈이며 희망

꽃단지 높게 차오르는
긴 물살의 향기
견딜 수 없는 떨림의 순간
톡톡 터지는 웃음소리

아픔으로 그리운 계절
살며시 파고든 꽃바람
온통 한 줄기 노란빛이다.

마음의 풍차 / 정형근

별빛이 되고 싶어라
내가 외로운 눈빛으로 바라보는 피안의 세계
까만 밤이 되고 싶어라

사랑은 커피처럼 따스한 것
소망이 남아있다는 것은 누군가를
바라볼 수 있기에 포근한 꿈에서 너를 본다

가을 낙엽이 되고 싶어라
갈바람 따라 자유롭게 날다 떨어지는 순간
작은 손 내밀어 잡을 수 있는 노란 은행잎이 되고 싶어라

바람을 간직한다는 것은
한 사람을 사랑할 수 있기에
생각은 언제나 다정스러운 것

의미가 되고 싶어라
언젠가는 생각나는 사람으로
네게 소중한 사람이 되고 싶어라
안부를 담고 산다는 것은 감싸주고 싶은
여유를 갖고 살아가기에
생각은 늘 바위처럼 당당하다.

박·영·매·시·낭·송
모·승·집

시인 **최승태**

충북 제천 출생
경기 이천 거주
대한문학세계 시 부문 등단
(사)창작문학예술인협의회 회원
대한문인협회 정회원
한국문인협회 회원

2023년 한국문학 올해의 시인상
2024년 짧은 시 짓기 공모전 장려상
2024 명인명시특선시인선 선정

2024 명인명시 특선시인선

소풍 / 최승태

내일은 소풍 가는 날입니다
사십 년 만의 소풍입니다
천진난만 기분이 좋습니다

동네 형과 곱창에 소주 한잔하며
사촌들 모여 천렵한다 하니
지금도 그런 사촌들 있냐 묻습니다

귀가하여 비몽사몽간인 아내에게
내일 천렵 가는 시장을 본다고 말하니
아내는 꿈나라에서 말합니다
"그래 알았어, 내일 같이 가보자"
"좋겠다"
참 좋은 아내입니다

멀리서 고향을 찾아오는 사촌들과
추억을 요리하며 음미할 것입니다
그래서 오늘 밤은 기분이 좋습니다

냇가의 짱돌이며 친근한 들꽃들을
그 시절 눈으로 염탐할 것입니다

오랜만에 무구한 소년이 되었습니다
나의 마음에 터럭만 한 티끌도 없으니
고향 하늘도 무진장 청명할 것입니다.

감자꽃 / 최승태

비 내린 날, 나 좀 보란 듯이
밭고랑에 흰 감자꽃이 피었다

을씨년스러운 세상은 감자꽃을
꽃이라 여기지 않는가 보다

이미 어엿한 꽃이라 부르건만
그 흔한 화병에 꽂혀본 적도 없다

바람난 햇볕 움츠린 밭둑 위
가시덤불이 추근대며 다가온다

그래도 후덕한 황토 흙 덕에
올망졸망 노란 새끼들을 품었다

아침 한나절 호시탐탐 노리는
시커먼 두더지에 노심초사했다

겨우 녀석들에게 젖을 물리고
토닥토닥 포근한 자장가를 부른다

감자꽃은 그리 예쁘지도 않은
우리네 어머니의 얼굴을 닮았다

홍매화 / 최승태

남도에 사는 스님 한 분이
홍매화 몇 점을 찍어 보내왔다
매화 소식이 궁금하던 차에
입가에 흰 미소가 번진다

봄이구나
봄이 왔구나

꽃잎이 핑크색인 듯, 흰색인 듯한
새침하니 길쭉이 피어오른 꽃실을 감싸고
새침데기 꽃실 위에는 노란 꽃밥이 앉았다

도취하여 보고 있노라니
넉넉한 둥근달이 엷은 미소를 짓고
먼 길을 달려온 동화 속 은하수는
반가움은 뒤로 한 채 곤한 잠이 들었다

오늘 밤 남도의 한 산사 뜨락에는
홍매화의 은은한 향기가 법문이 되어
골짜기 골짜기로 울려 퍼지고 있으리라
땅속 새싹은 잠결에 두 손 모아 합장을 하고

봄이구나, 봄이 왔구나
묵묵히 기다리던 그리운 봄이 왔구나

소금빵 / 최승태

반질반질
노릇노릇한 빵 위에
소금꽃 몇 알 피었다

겉은 바삭하며 부드럽고
속은 촉촉하며 혀를 감싼다
은은한 치즈향까지 숨었다

생김새는 지극 단순하나
묘하게 잠든 미각을 깨운다
소금 몇 알로 맛을 연주한다

이름도 흔한 소금빵이다
친근한 신세계를 품었다
이놈 참 신박한 놈이다

아메리카 인디언 / 최승태

로키산맥이 목 놓아 부르니
그들은 수천 년 그곳에서 살았다
드넓은 붉은 대지는 조상이며
거친 콜로라도강이 친구였다

대평원의 수많은 들소 떼
강에는 몰려드는 연어 떼
태양이 천하를 살찌우고
별빛은 포근한 이불이었다

어느 푸른 날 신께서 노하시어
멀리서 낯선 이들이 찾아드니
대지는 뻘건 화마로 뒤덮이고
날렵한 소 떼들 힘없이 스러졌다

신께서 노하신 까닭을
지금도 감히 묻지는 않는다
어느 죽은 추장의 슬픈 포효가
대평원을 가로질러 흐를 뿐이다

"자연이 사람의 일부가 아니라
사람이 위대한 자연의 일부다
저 강들이 우리와 그대들의 형제인데
어찌 총칼로 산하를 정복하려 드는가!"

박·영·애·시·낭·송
모·음·집

시인 최윤서

경남 진주 거주
대한문학세계 시 부문 등단
(사)창작문학예술인협의회 정회원
대한문인협회 경남지회 사무국장
문예창작지도자 자격 취득

<수상>
한국문학 향토 문학상
대한창작문예대학 졸업 작품 동상
한국문학 올해의 시인상
한국문학 발전상
순우리말 詩 짓기 전국 공모전 동상
짧은 시 짓기 전국 공모전 동상

<공저>
2020 유화로 보는 명인명시선
명인명시 특선시인선 외 다수

2024 명인명시 특선시인선

산하엽 꽃 / 최윤서

순백의 꽃망울 터뜨려
행복을 주는
청초한 사랑 이야기

새벽이슬 닮은 영롱함이
눈이 부시도록 시리구나

하얀 영혼과 진솔한 비의 만남

하얗게 열린 고운 마음은
사랑의 기운을 드리우고
비에 젖을수록 투명해지는
청순가련한 아름다운 자태는
세상에 물든 생명을 정화시킨다

신비롭구나
경이롭구나
아름답구나

자연의 변화와 인생사
흐름을 같이 하여
일사천리로 펼쳐진 인생
감사보다는 당연함이

큰 파도를 넘은 인생은
겸손과 감사로 그려진다

파도에 쓸린 그늘진 어둠이
맑고 투명하게 피어나길

이런 마음으로 / 최윤서

꽂꽂이해 놓은
꽃잎을 말려
말린 꽃으로 간직하는
아껴주는 마음이기를

시린 바람에
황량한 벌판이 된
갈대밭도 들러주는
따뜻한 마음이기를

견해 차이로
토라지는 순간이 와도
사랑의 눈으로 감싸는
깊은 마음이기를

나무에 오르는
나무늘보의 여유를
지긋하게 지켜주는
넓은 마음이기를

마음 활짝 열어
고락을 함께 나누며
그렇게
살아가자

메마른 허브향 / 최윤서

낯선 여행지를 찾아
헛헛한 가슴이 찾은 곳

사람이 그리운 것인지
사랑이 그리운 것인지
텅 빈 외로움이 떠돈다

코끝을 간질이는
향기가 사라진 채
찬 바람이 온몸을 휘감고

홀로 걷는
한 걸음 한걸음에
짙은 낙엽이 쌓인다

가녀린 나뭇가지를
시린 눈동자에 담아
빈 가슴을 채운다

님의 자장가 / 최윤서

드르렁드르렁

지축이 울리는
우렁찬 소리는
달콤한 자장가

고운 꿈을 꾸시는가
미소 띤 얼굴이
행복을 실어준다

밝은 달빛도
빛나는 별빛도
자장가에 축제를 여는 밤

검은 장막을 거두려
여명을 밝히는
사랑의 세레나데가 울린다

그대에게 하고픈 말 / 최윤서

진흙탕에 고고히 피어난
수련 같은 그대
고이 접은 시집 속에
달콤한 시어로 태어납니다

곁을 맴도는
떠오르는 얼굴
보고 싶다고
가슴이 말을 합니다

마주 잡은 손의 온기로
묶인 시간은
그리움에 젖어
구슬비가 된 눈물을 떨굽니다

마음 깊은 곳에 사는
그대에게 하고픈 말
그 무엇보다 아름답고 아픈 말
그대를 사랑합니다

스마트폰으로 QR코드를
스캔하면 시낭송을 감상
할 수 있습니다.

시인 최하정

목차
1. 6월의 들꽃 이야기
2. 자꾸만 쌓이는 빗방울
3. 노을이 기울면
4. 봄을 닮은 새순
5. 연둣빛 어린 잎새

대한문학세계 시, 수필, 동시 부문 등단
(사)창작문학예술인협의회 회원
대한문인협회 대전충청지회 정회원
충남 인권교육활동 회원
대한창작문예대학 졸업
문예창작지도자 자격 취득
인지 program 교사

2021 조선어학회 100주년 현대시와 인물 사전
2021,2024 명인명시 특선 시인선 선정
문학 어울림 동인서정가곡19선–작시
2022 올해의 시인상 수상
2023 조세금융신문(시가 있는 아침)
제11기 대한창작문예대학
　　　　　졸업 작품 경연대회 동상
2023 한국문학 올해의 작품상 수상

<저서>
시집 <사색을 벗하며>

시집 <사색을 벗하며>

6월의 들꽃 이야기 / 최하정

청초한 들꽃 야생화
개미취 개망초들
아우르며 여럿이 모여 조잘거린다.

싱긋이 웃음 머금더니
이슬방울의 간질거림으로
활짝 피어 웃는다

갓난아기들의 발버둥처럼
여리디여린 꽃대를 하늘거린다

옹기종기 모여 앉아
웃비 맞은 꽃잎들의
재잘거리는 모습은

아기들의 옹알이인 양
참 귀엽기도 하다.

자꾸만 쌓이는 빗방울 / 최하정

파릇한 이파리 끝에서
줄지어 미끄러지는 물방울

가루비 뿌려져
차례를 기다리다 떠밀려
아래로 떨어져 버리는 유리구슬

돌 틈 사이에 데구루루 내려와
켜켜이 쌓이고 방실대며 모여든다

행여 깨질세라
꽃잎을 살며시 움켜잡고
퐁당거리며 구르다가

만남을 이루는 유리알들의 행진에
맑고 청아해진 마음이 들어온다.

노을이 기울면 / 최하정

서녘 하늘에 장작불 붉은 옷을 입혀
가지런하게 고단함을 줄지어 가둔다

종다리도 눈을 껌뻑이며
종일 풀무치 벌레 등쌀에 몽니로 겨루다가
역력히 피곤한 모양새다

검푸르게 어둑해져 달빛 내려오면
뜰채로 들어 올린 초승달은 매달리고

물잔에 비친 억지웃음
휑한 얼굴 하나
가붓이 안고 놀고 있다.

봄을 닮은 새순 / 최하정

구름을 퍼가는 길목에
연둣빛 돌나물 빠끔히 내밀고
아직은 어색한 듯 멋쩍은 미소도 지으며

아지랑이 샤워를 하고
요염하게 앉아서 흙냄새 은은히 풍기며
지나가는 소소리바람을 애무한다

곧 하품하며 깨어날 잡초들 틈새로 채송화 여럿이 모여
눈썹같이 작은 이파리를 흔들며
봄님을 부른다.

연둣빛 어린 잎새 / 최하정

봄을 여는 새싹 눈
막 태어난 여린 잎새
눈을 감은 채
주둥이만 뻐죽이 내밀고 있다

그 어느 화사한 꽃보다
더 고운 잎새는
새근새근 잠이 든 아기들을 닮았다

이렇게 고운 봄꽃들을 피우려고
그 모진 눈보라도
거뜬히 이겨냈나 보다

봄을 꽃 피우는 새싹
가녀린 어린잎은
여전히 봄의 길목에서 뽐내며
살랑거린다.

박·연·애·시·낭·송
모·음·집

시인 한병선

목차

대한문학세계 시 부문 등단
(사)창작문학예술인협의회 회원
대한문인협회 광주전남지회 정회원

<수상>
2024년 신춘문학상 공모전 장려상

2023년 대한문학세계 겨울호

詩를 짓는다는 것에 / 한병선

스쳐 가던 푸른 산세들도
의미 없이 흩린 꽃들도
가끔은 쿡쿡 찔러대는 감성으로
가슴속에 자리 잡는다

멋지게 표현하고 싶어도
머릿속 맴도는 초라한 서술뿐이라서
포기하고 싶을 때가 있었다

고마운 분들 응원 덕분에
자아 찾기의 내면을 다지려고
마음의 창을 열고 발꿈치 든다

일하다 보면 늘어간다고 했던가
알쏭달쏭 어설픈 나만의 詩일지언정
어느새 뿌듯한 희열이
아픈 기억마저 훌훌 털어버린다

무언의 장벽을 깨듯
어쩌다 눈시울 붉어질 때도 있지만
닫혔던 마음을 열 수 있어서
참 잘했다며 스스로 칭찬한다.

시작의 종소리처럼 / 한병선

빗물처럼 흘려버린
바스러진 자존감을 추스르며
깊은 우물 같은 상흔마저
추억 속에 숨겼었다

대화의 꼬리를 싹둑 잘라
발버둥 치던 침묵의 날들이
유수처럼 흘렀다지만

어느새
여유로운 미소 번지기까지는
얼마나 아픈 세월이었던가

애써 똬리 틀며 살아온
내 인생의 뿌리를 쓰다듬어
한껏 행복해지고 싶은 청춘이

뒤늦게서야
사랑의 종소리 울리려는 욕심
괜찮은 걸까

마음의 별 / 한병선

메말라 있었지만
목마르게 사랑했던 감정이
되살아나는 느낌 너는 알려나

수줍은 듯 오므린 입술
하염없이 기다리는 마음
처량하다 못해 안타까움이
이젠 서서히 빛을 발하는구나

봉긋하게 입맞춤하고 싶어도
고운 얼굴 미소 지워져 버릴까 봐
가슴만 속절없이 타고 있다

다음 계절에 만나면
이쁘게 웃고 얘기하며 즐겨보자

이 시간이 행복한 만큼만
가슴 설레던 시기를 생각하며
이쁜 마음 고이 간직할 테니
내 사랑아

아버지의 정 / 한병선

게고동 끼운 주낙 묶음
대나무 바구니에 주르륵 꽂아
아버지 어장으로 노 저어가서
쭉 펼쳐두면 매달려 나오던 학꽁치

슴벙슴벙 썰어 집된장에 콕 찍어
투박한 손으로 쏙 넣어 주시면
고소하니 어찌나 맛있던지
아직도 그 맛은 잊지 못한다

똥장군 짊어지고 밭으로 가
거름 주며 하시던 말씀
아빠같이 살지는 말라며
헛헛한 웃음으로 신신당부하신다

우리 아들은 공부해야 한다며
빠듯한 살림에 과외 시켜주시던 아버지
취해서 들어와도 항상 나만 찾으시며
화초처럼 살아도 이쁜 아들 사랑은
유난히 남다르셨다

하늘나라 가신 그날 이후로
그 아들은 잡초 같은 인생길로
접어들며 세상을 깨닫는다

수국의 향기 / 한병선

사랑의 날개 단 함박웃음으로
자식의 진심을 느끼지만
새파란 애들이 어찌 알까

곱게 화장하고 얼굴 내밀기까지
얼마나 힘들었는지 어디 알겠나

속없이 꽃망울 틔우지 못한 아이들
은근히 부러워하며 꽃내음 맡으려고
연초록 옷 벗어 버리고 활짝 웃으며
은근슬쩍 다가온다

이쁜 그 입술에 살짝 입맞춤하며
향긋한 내음 신혼 때의 달콤함을
살짝 내비치려 하지만
예전 그 시절만큼은 못하는지
바람 따라 스르륵 떠나 버린다

엄마가 좋아했던 수국은 웃으며
바람 따라 여행길 떠나고
고운 추억은 아쉬움만 남겼다

기억으로 남는 詩

- 시 소리로 삶을 치유하다 -

박영애 시낭송 모음 13집

2024년 9월 4일 초판 1쇄
2024년 9월 6일 발행
지 은 이 : 김국현 김락호 김보승 김순태 김정윤 남원자
　　　　　 박영애 박춘숙 박희홍 서석노 송근주 송태봉
　　　　　 신향숙 염경희 윤만주 이정원 이현자 전경자
　　　　　 전남혁 정기성 정병윤 정상화 정승용 정연석
　　　　　 정찬경 정형근 최승태 최윤서 최하정 한병선
엮 은 이 : 박영애
디자인 편집 : 이은희
기 획 : 시사랑음악사랑
연 락 처 : 1899-1341
홈페이지 주소 : www.poemmusic.net
E-Mail : poemarts@hanmail.net

정가 : 15,000원
ISBN : 979-11-6284-546-2